美少年M

西尾維新

講談社
タイガ

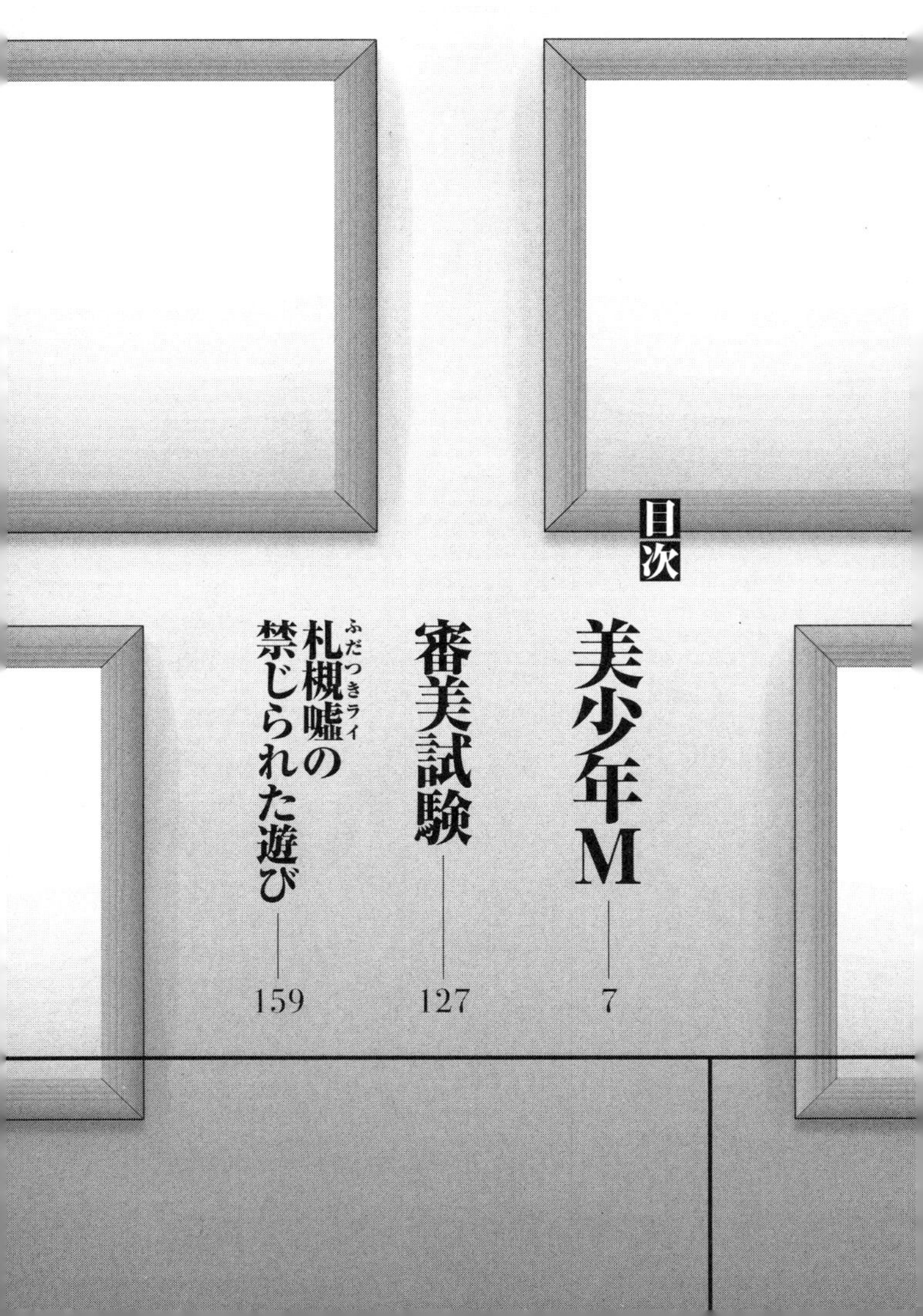

目次

咲口長広（さきぐちながひろ）

瞳島眉美（どうじままゆみ）

指輪創作（ゆびわそうさく）

袋井満（ふくろいみちる）

双頭院学（そうとういんまなぶ）

美少年探偵団（びしょうねんたんていだん）

足利飆太（あしかがひょうた）

Illustration キナコ
Design Veia

美少年M

美少年探偵団団則

1、美しくあること
2、少年であること
3、探偵であること

0　まえがき

「自分で書物も読めないほど病状の悪い患者は、ほとんどの場合、他人の朗読にも耐えられないものである」

ランプの貴婦人ことフローレンス・ナイチンゲールの『看護覚え書き』から引いた警句であることを、ことさら強調するほうがむしろ失礼に当たることは言うまでもない。それを重々承知した上で、あえて無粋な注意書きを（そっと）添えるならば、これはあくまで『病状』に関して、貴婦人が貴婦人の経験談を述べているのであって、決して『読書』に関する文章ではないということだ。そんな風に曲解されることもあるようだけれど、物語を読むことが不得手な人間はおしなべて物語を聞くことも不得手だという意味では、決してない。要するに、物語を読みたくない気分のときは、物語を聞きたくもない気分だという趣旨である――なので、もしもそれが叶うならば、わたしは恐れ多くも貴婦人に訊いてみたい。書物も読めないほど病状の悪い患者が、ならば、書物をしたためたくなることはあるのか否か。

さて、巷間よく知られている雑学の通り、そんなナイチンゲールはどちらかと言えば会議室派で、戦場という現場に出たことはほんの数回だったそうだが、にもかかわらず、二十一世紀現在、ナイチンゲールが看護の象徴として、あたかも最前線で活躍した現場主義の人であるかのように語られているのは、数奇にも、まさしく彼女が会議室派だったからというのはあるのだろう。後進を育てるために、『看護覚え書き』を後世に遺したことが、ほとんどそのまんま戴帽式における『ナイチンゲールの誓い』に繋がっている――もっとも、『誓い』の内容自体は、とてもナイチンゲールの賛意を得られそうにないものなのだが。ナイチンゲールが現場に出なかったのは、現場に出たことで身体を壊してしまったからなので、一概には言えないのだけれど、それでも室内にこもり、己が見識を本にして記録するというのは、長い目で見れば大切なことなのかもしれない。もちろん百年以上版を重ねた結果、わたしのような粗忽者に引き合いに出される未来まで、白衣の天使が想定していたとは、さすがに思えないけれど。

いずれにせよ、貴婦人ならばいざ知らず、わたしごときの思い出を文章にして次世代に継承することに、なにがしかの意味があるとは到底思えないのだが、しかし、そんなことは百も承知の上で、やるだけやってみようと思う――読みたくない気分だったら無理して読む必要はまったくないので、そこはどうか遠慮なさらず、体調を優先していただきたい。

　御自愛ください。

　と言ったところで、いつもならばこのあたりで美少年探偵団の個性的な面々から、個性的な肘鉄が入り、わたしがこてんぱんにのされる場面なのだけれど、今回その通例は破られることになる。いつかこんな日が来ると思っていた。彼らは夜空に浮かぶお星様となって、わたしを見守ってくれている——いや、お星様となるのは、むしろわたしか。あの煌びやかな美少年どもに、わたしはなんと、天体観測をされている。

　かつてわたしが目撃した、暗黒星のごとく。

　なぜなら、胎教委員会と対決するためにおこなわれる私立アーチェリー女学院への潜入は、わたし、瞳島眉美の単独任務だからだ——そして、瞳島眉美の最後の任務でもある。

　ラスト・ミッション。

　そんなわけで、美少年どもはこの本の後半に収録されているショートショートまでは出てこない。そこに至るまでは、クズがひとりで喋っているだけだ、他の誰からも突っ込みを受けることもなく。クズのボヤキがひたすら続く。繰り返しになってしまうが、そんな本、読みたくない気分だったら無理して読む必要はまったくない——だが、ほんの少しでも読みたい気分があるなら、多少の無理をしてでも読んで欲しい。
御自愛ください、ついでに愛をください。

1　アーチェリー女子寮の朝

アーチェリー女子寮の朝は早いという一文を書く前に、まずはその文章の主体である私立アーチェリー女学院が、いったいどういう中学校なのかを紹介させてもらうことにしようかしら。僭越（せんえつ）ながらこのわたしが——僭越じゃなくて潜入なのだが、まあそれはそれとして。

ええっと、『古き良き時代の日本の大和撫子像（やまとなでしこぞう）』なるものが、仮に実在するとして、そんなご大層な像を大真面目に目指すというのが、私立アーチェリー女学院の創立理念である。おおまかに言うと……。幼稚園から大学までのエスカレーター式で、私立という冠詞がつきながら、実際は国立みたいなものらしい——国家百年の計、と、表現すると大袈裟（おおげさ）になるだろうけれど、伝統と格式ある数々の良家から、出資を受けて運営されている学校法人だ。良家……、なんだかすごい言葉だが、誓ってわたしが皮肉を込めて勝手に作った造語ではない。

なにせ制服が和服なのである。

お着物だ。

カリキュラムに書道どころか、茶道や華道が導入されているような学校――おしとやかでたおやかで、深い情けと思いやりを持ち、清く賢く一本筋が通っていて、てきぱき丁寧に喋り、料理に掃除、家事育児に秀でる――立てば芍薬(しゃくやく)座れば牡丹(ぼたん)、歩く姿は百合(ゆり)の花、眠る姿はさしずめ菊か。

そんな次世代の育成に血道を上げる女子校である。なんだか、大和撫子と言うより、宮沢賢治でも育てようとしているかのようだ。

わたしのようなひねくれ者の一般市民からすると、国家百年の計の割には、アーチェリーとか、思い切り横文字使ってるじゃんと横槍(よこやり)を入れたくなるけれど、しかしうっかりそんなおふざけを仕掛けようものなら、『いや、しかしその横文字は表札には、左から右ではなく、右から左に書かれているのだよ。わかってないね』などという大説教を受けることになる。仕事車の向かって左側かよ――まあ、横文字やアルファベットも、『古き良き時代の日本』から愛好されていた伝統ではあるし、実際、伝統と伝来の間に、さほど大いなる差があるわけでもない。

いずれにせよ、大真面目な人間に突っ込みを入れるのだけは控えておいたほうがいい

——学内への携帯電話の持ち込みが禁止されているどころか、携帯電話の所有自体が規制されているような教育方針に素人がケチをつけるのは難しい。火傷する、どころか、致命傷を負うことになりかねない。

　髪を染めてはならない、化粧をしてはならない——この辺りはまあよそでも普通に聞く基本として、校則に『遊んではならない』なんて項目があるという噂もある。さすがに眉唾だと思うけれど、しかしその真偽を確認するために、六法全書よりも分厚い校則手帳を紐解く気には、わたしはならない。

　別世界の学校であり、そんな学校に通っているのも、また雲の上の住人だと、そう割り切らないとやっていられない——言ってしまえば、全校生徒が選りすぐりのセレブみたいな学校でもある。

　お金持ちにもいろいろあると思うが、わたしが思う『本物のお金持ち』とは、『親がお金持ち』という人々である——『お金持ち』でなかった瞬間のない人々。我が指輪学園にも、そういう生徒が少なからずいるわけだけれど、全員がそうだっていうのは、本当にすさまじい学校だ。格差社会と謳われて久しいけれど、その実態をまざまざと突きつけられる気分である——正直言って、『世界の富の半分は、上位一パーセントの富裕層が所有している』うんぬんかんぬんみたいな常套句に対して、これまでは『だから何？　百人にひとりお金持ちがいるっていうのは、まあまあの確率なんじゃないの？』みたいに、どうにも実感を伴わない感想しか抱けなかったわたしだけれど、こんな寄宿学校の存在を知ると、『ああ、そういうことだったのね』と、深く頷ける。

ちなみにわたしは美形も嫌いだがセレブも嫌いだ。

わたしに好きなタイプはない。

人によっては憧れの校風なのかもしれないけれど、わたしとしては、まったく、お近づきになりたくない。にもかかわらず、はた迷惑なことに、わたしはその日、私立アーチェリー女学院中等部の女子寮で目を覚ますのだった――アーチェリー女子寮の朝は早い。

2 ルームメイトの七夕七星さま

「おはようございます、瞳島さま。起床の時間でございますことよ」

おはようございますのございますはまだしも、起床の時間でございますのございますは初めて聞いたので（『ことよ』ではなく、『ことだ』）、決して寝起きのいいほうではないわたしも、さすがにびっくりして飛び起きた。

異世界に転生したのかと思った。

そもそも瞳島さまと呼ばれることがない。さま付け？　ない。わたしの人生には。将来にわたってない。

みんなわたしをクズと呼ぶ。瞳島クズと呼ばれることはあっても、瞳島さまはない——しかしそれが、この女子寮での標準語なのである。

「ありがとう……、ござい……ます。七夕……さま」

ぎこちなく、礼を言うのが屈辱的みたいなしゃべり方になってしまったけれど、これはアーチェリー語が片言なだけで、起こしてもらったことには本当に感謝している。クズだって感謝くらいはする。謝罪は嫌いだが、感謝はする。わたしひとりじゃ、目覚まし時計を百個使ったところで、朝五時になんてとても起きられない。ルームメイトの七夕さま——七夕七星ちゃんには、心からありがとうと言いたい。ございますと言いたくないだけだ。

そして朝五時になんて起きたくないだけだ——日の出より先に目覚めるなんて、太陽に対する冒瀆（ぼうとく）じゃないのか？

「転校してきたばかりなのに、慌ただしくて申しわけございません、瞳島さま。ですが、わたくし、とっても楽しみにしておりますのよ。瞳島さまの得意料理をいただけることを」

「……それはそれは」

アーチェリー語の使いかたがわからな過ぎて、曖昧(あいまい)な会釈で応じるわたし……、イエスイエースと頷いているようなものだ。これを繰り返しているといずれとんでもないことになる。長大な契約書に、読まずにサインしているのとまるで遜色ないイエスである。ただ、これは英語だろうと日本語だろうと変わらない、瞳島眉美の標準語とも言える。

これがノーマルモードだ。

わたしだって、誰彼なしに傍若無人に振る舞っているわけではないのである——根暗なわたしは美術室以外の場所では、借りてきた猫のようにおとなしくなる。あるいは去勢された犬のごとく。

……そんな比喩(ひゆ)、間違ってもこの寮内では口にできないけれど——寮内って言うより、領内って雰囲気だもんね。さしずめ女子寮はマナーハウスかな。マナー……。ここしばらく聞いていなかった言葉だ。美術室では特に。

ところで、美術室と言えば、前回までのあらすじをご記憶のかたはいらっしゃるでしょうか。

お忘れでも大丈夫。ご安心でございます。

わたしが五行で説明する。

火・謎よりも美を重んじる美少年探偵団。

水・その新入りメンバー、男装女子の瞳島眉美。

木・退廃的な教育改革を目論む胎教委員会。

金・その標的となったアーチェリー女学院。

土・瞳島眉美、単身、探偵活動に乗り出す。チームで活動することが美少年探偵団の理念なのだけれど、『あれ？　ひょっとしてわたし、美少年探偵団にいまいちハマってない感じ？』と、自分がいらない子なんじゃないかという疑問を、体調不良（？）に基づく謹慎中にふと抱いてしまった（それだけは避けようとしていたのに！）クズが、団長に自ら上申したのである――『これを瞳島眉美、最後の活動にしたいの』。

ぜんぜん五行じゃないじゃんとお叱りを受けそうだが、わたしは陰陽五行と言ったのだ――もとい、感極まって筆が乗ってしまった。

筆が乗るのも調子に乗るのも、わたしの悪い癖である――だからこんなことになる。正直言って、あんなこと言うんじゃなかったと、今では後悔している。あの振る舞いに後悔してない部分がない。

どうあれ謹慎は解けたのだから、屋上で黄昏れたりせずに、何食わぬ顔をしてふてぶてしく美術室に行けばよかった……、なぜあのときのわたしはあんな判断を……、前巻のラストを覆す台無しな発言だと思われても仕方ないけれど、だって、潜入捜査って言っても、それは格好つけて言っただけで、わたしは『放課後、帰りがけにちょっと寄ってくるね』くらいのつもりだったんだよ。

まさか転校手続きが取られようとは。

「その言やよしだ、眉美くん！　僕は大いに感動したよ！　輝いている！　きみを見込んだ僕の美学に狂いはなかった！　もう何も言わなくていい、あとは僕とナガヒロとミチルとヒョータとソーサクに任せておきたまえ！」

と。

わたしの言いたかったことがまったく伝わらなかった様子の小五郎（小学五年生）、美少年探偵団のリーダーである双頭院学が、そう請け負った翌日には、わたしは公式に、アーチェリー女学院の二年生になってしまったのだった。

偽造じゃない学生証を手に入れた。

親ももう何も言わなくなったよ。

詳細は聞かなかったけれど、たぶん、『美声のナガヒロ』こと咲口長広か、もしくは『美術のソーサク』こと指輪創作のコネクションが活用されたのだと思う……、なにせあのふたりは、もしも女性だったなら、アーチェリー女学院に通っていても遜色のない家柄の出なので。

　ぐああ。

「いーなー、眉美ちゃん。僕も女学院に転校したいよ！　写真撮ってきてね！」

『美脚のヒョータ』こと足利飆太からは、そんな風に羨ましがられた——あのー、わたし、物見遊山に行くんじゃないんですけれど。危機感と切迫感の伝わらなさがすごい。潜入活動なので、そりゃ写真は撮ってくるとしても、貴様には渡さん。

　唯一、そんなわたしを心配してくれたのは、『美食のミチル』こと袋井満だった。いい奴だと思っていたぜ。彼は、ついこのあいだ、指輪学園と対立する髪飾中学校で、それこそスパイ活動をしていたので、きっとわたしの気持ちがよくわかるのだろう。

「眉美、お前はいったい何がしたいんだよ。お前のことがぜんぜんわからねえよ。どうしてそういう結論になったんだ。はいはい、もういいよ。男装したりバニーガールになったり、今度は和服が着たいわけだな。お前は『ミステリーやSF、純文学やジュブナイルといった、そんな既存の枠組みに囚われることなく、自分というジャンルの作品を書いていきたいんだ』みてーな所信表明をするタイプの小説家かよ」

　ぜんぜんわかってくれてなかったし、大して心配してくれてもいなかったし、ただただ風刺だけが強かった。

そうじゃない小説家、いないだろ。

というわけで、転校二日目の朝である——それにしても、お食事当番とは。

朝っぱらからいきなりついていない、わけでは、しかし、ない。

食事当番じゃなくっても、何らかの仕事が——アーチェリー語で言うところの『おつとめ』が、寮生には例外なく課されることになる。それは寮内・学内のお掃除だったり、中庭でのお水やりだったり、あるいはお洗濯やお繕い作業やお農作業だったりもする……、お嬢さま学校の割に、結構な自給自足である。まったく甘やかされていない——むしろあるまじきスパルタと言っていいシステムである。わたしはグリーンゲイブルズにでも預けられたのか。

なので、ここはまだお食事当番でよかったと考えるべきなのかもしれないのだ……、わたしを温かい言葉で送り出してくれた不良くん（わたしは『美食のミチル』をそう呼んでいる。だって不良くんなんだもん）の手際を、ずっと横で（よだれを垂らして）見ていたのだ。据え膳の小僧が、習わぬ経を読んでみるとしよう。

ある意味、不良くんのお陰で、スパイはここでは馬脚を現さずに済むわけだけれど、しかしわたしは彼に『ございます』どころか『ありがとう』と言うつもりさえ一切ない——根に持つ性格のわたしは、こともあろうにわたしが制服着たさに名乗りを上げたみたいなことを言ったあの同級生（元同級生？）を、許してはいない。

だいたい、制服について言えば——

私立アーチェリー女学院の制服が、いかにも大和撫子といった意匠の和服だったのは、もう既に過去の話なのである。

「では参りましょう、瞳島さま。及ばずながら、お手伝いさせていただきますわ」

わたしがもたもたしている間に、先に着替え終えた七夕さまは、そんな風にわたしをいざなった——細身のスラックスに襟付きのカッターシャツ、ジャケットにネクタイという男装姿で。

そう。

胎教委員会による『教育改革』がおこなわれたのちのアーチェリー女学院の現在の制服は、全校生徒がひとり残らず、見目麗しい男装なのだった。

3　アーチェリー生徒会室

美少年探偵団としてのレゾンデートル、アイデンティティを失ったことが発端となったわたしの潜入調査なのに、あにはからんや、男装キャラという特徴まで特徴でなくなろうとしている——未曾有（みぞう）の危機が待ち構えていることを承知の上で挑んだスパイ任務だったけれど、ここまでの未曾有はなかなかない。

順を追って説明しようかしら。余裕のある振りをして。

転校手続き、及び入寮手続きを終えたわたしが、まず赴くことになったのは、職員室ではなく、校長室でもなく、まして編入されるクラスでも、もちろん美術室であるはずもなく、生徒会室だった——少年漫画、少女漫画にかかわらず、『学校を支配下におく生徒会執行部』なるグループはよく登場するけれど、ああいうのは言うまでもなくフィクションの産物であって、現実の生徒会執行部と言うのは、あくまで全校生徒の代表以上の存在ではなく、日々、地道な事務作業をこつこつこなしているのだよという野暮な持論を述べるコメンテーター（わたしだ）には、是非知っておいてもらいたいのが、私立アーチェリー女学院の生徒会執行部である。

人間が想像するものは、必ず実在する——だっけ？

生徒会長・加賀屋綺羅輝（かがやきらき）。二年愛組。

副会長・水松木知婆（みるきしるば）。二年慕組。

会計書記・七夕七星。二年想組。

い、い、

彼女らは。

本当に学校を支配下に置いていた——と言っても、ほんの数ヵ月前までは、ごく当たり前の生徒会だったようだ。この場合の『ごく当たり前』も、わたしの知る『ごく当たり前』からは相当外れた、アーチェリー語における『ごく当たり前』なので、より一層話はややこしくなるのだけれど、少なくとも、当時の生徒会には、生徒の制服をすべてスーツにしてしまおうなんて法案を通してしまうような力も、志もなかった。

『古式ゆかしい大和撫子を育てる』という学校の、時代錯誤で旧態依然とした運営方針に逆らうことのない生徒会が一変したのは——そう、わたしよりも先に転校してきていたひとりの転校生が、わたしが転校してくるより先に転校していった、その直後からのことである。いや、そのキャラクターは正しくは転校生とは言えない——その生徒はまるで古くからの在校生のように、いつの間にか『ごく当たり前』みたいに、クラスの『隣の席』に、いたことだろうから。そして最初からいなかったかのように、いなくなったことだろうから。

正しさなんてない『彼女』の名は、目口じびか。

『彼』は指輪学園では、沃野禁止郎と名乗っていた。

当然のようにいて、当然のようにいなくなった刺客。

「わたくし達は完全に間違っていたのでございますわ、瞳島さま。大人達の言いなりになって、抑圧と規制にがんじがらめの大和撫子など、この時代に目指して何になりましょうや。わたくし達はもっと進歩しなければなりませんの——進化しなければなりませんの。わたくし達は新人類であるべきなのです。何者にも縛られない、どんな決まり事にも囚われない新しい時代の女性像を、わたくし達自身の手で作り上げねばなりませんことよ」

加賀屋生徒会長さまは、初対面のわたしに、そう熱弁した——何も知らずに通常制服、つまり型通りの着物を着てのこのこ現れたわたしに（テンションが上がっていなかったと言えば嘘になる）、「そんな汚らわしい衣服は、一刻も早く切り裂きなさい」と、いきなり命令したあとで。

命令することに長けている風なのは、上流階級のたしなみなのか、それとも——胎教委員会の目論む退廃の成果なのか。

どちらもありそうだ。

服を切り裂くなんてとんでもないと思ったけれど、和ばさみを差し出してくる人に、変に口答えすると、切り裂かれるのがわたしになる恐れがあったので、この奇妙な通過儀礼には、素直に従った——せめてこの端切れはわたしをまゆ呼ばわりする御曹司に提供しよう。

きっと元通りに縫い繕ってくれるだろう……。

そして生徒会長じきじきに支給されたわけだ。アーチェリー女学院の新制服が、わたしにも。

着心地はいいが、居心地の悪い服である。

慣れてる感が出るよりはいいか、スパイ的には。

「で、でも、こんな格好して、先生に怒られませんかね……、怒られませんでございますかね」

「ご安心なさって」

穏やかな微笑み(ほほえ)で加賀屋生徒会長さまは言う。そうか、きちんと手続きを踏んで制服を変更しているのだから、先生も怒るに怒れないわけか……、ちょうどそれは、髪飾中学校の制服が、スカジャンとバニーガールに変更されたのと似たようなもので。

類例を見つけたことで、わたしはちょっと安心した。ろくでもない類例ではあるけれど、それでも一応、類例は類例である——しかし、これは早とちりだった。わたしのよくするおなじみの奴だ。

「大人などという年老いた旧世代は、既にこの学院から排斥しておりますので。すべての授業は既に、我々の手に落ちております」

「…………」

思いのほか大変なことになっているぞ？

授業って陥落したりするものなの？

元々治安の悪かった髪飾中学校と違って、アーチェリー女学院は、潔癖で純粋で上品だった分、胎教委員会の過激な『教育改革』が隅々まで行き届いてしまっている。抵抗力も免疫もなく……。純白のキャンパスは、色のノリがいい。

改革どころかクーデターが起きている。

もうこの生徒会長を見、その物言いを聞いたことで、大体わかったから、スパイはこのまま帰っちゃってもいいんじゃないかとさえ思ったけれど、

「本当にいいタイミングで転校してきてくださいましたわ、瞳島さま。あの咲口さまの後継者として、指輪財団の運営する指輪学園の生徒会長を務めてらしたというのですから、本来、わたくしのほうから教えを乞いたいくらいですもの」

などと、そんな歓迎を受けてしまえば、迂闊な撤退はできない——まして、

「瞳島さまにも是非、わたくし達の『M計画』に協力していただきとうございます。お力添えをたも」

と言われては。

たも？

4　M計画

むろん、ここで重要なのは『たも』という古めかしいアーチェリー語ではなく、『M計画』のほうである。響きだけでもかなり不気味で、ただならぬ感がある——この人達は何を企(たくら)んでいて、いったい、わたしに何を手伝わせようとしているのだ？

どういう上流階級同士の付き合いがあるのか知らないけれど、あのロリコンを『咲口さま』なんて呼称している時点で、加賀屋生徒会長さまはかなり洗脳されやすく、思い込みの激しい性格であることは予想がつく——沃野くんからの悪影響を、およそ考えられないほど強く受けてしまっている。指輪財団のことを、対等の存在のように語れる人が、そういう状態にあることは、どう考えても、いいことではない……。

『M計画』。

マッカーサー資金でも掘り起こそうというプロジェクトであるならば、ある意味では年相応の中学生らしいと言えなくもないけれど……、学院の領土から『汚らわしい大人』を追放してしまうような生徒会長が、年相応の中学生だとは考えにくい。逸脱している。

とんぼ返りは難しそうだ、少なくとも『M計画』の概要を知るまでは――というわけで、瞳島スパイの短期目標が決定した。

「七夕さま。あなたが瞳島さまを案内してさしあげて。生まれ変わったわたくし達の、生まれ変わりつつあるアーチェリー女学院を。人類の可能性を」

そんなはからいで、わたしは会計書記の七夕七星さまとルームメイトと相成ったわけで――しかし寮でふたりきりになったらさっさと詳細を聞き出して、とんずらしようと考えていたわたしの目論見は、既におわかりの通り、ご破算となっている。とにかく早く帰ろうとしているわたしだが、わたしの人生はわたしの思い通りにはならない。

ふたりきりになる機会がなかった、わけではない――だが、当番仕事に忙し過ぎて、ゆっくり対話する時間がなかった。『七夕さんもそうでございますけれど、生徒会執行部の皆さん、どなたもお名前が変わっていますね』というウィットを飛ばす時間さえなかった――書き連ねると切りがないので詳細は省くが、『夕方のおつとめ』『夜のおつとめ』『夜間のおつとめ』『宵越しのおつとめ』が、怒濤の勢いで、転校し立てで右も左もわからない我が身を襲った――『案内してさしあげて』という七夕さまへの指令は、社交辞令ならぬ社交指令ではなかったわけで、彼女はバイトトレーナーのようにわたしを導いてくれた。

髪飾中学校の退廃は、『サボタージュ』や『放蕩』『怠惰』という形で表出していたけれど、いいのか悪いのか、いい意味でも悪い意味でも、アーチェリー女学院の退廃は、それとは違うらしかった――むしろ、大人を追放した分、全体の仕事量が増大している。働き蟻だって二割は休んでいるという学説を、この子達はご存知ないのか。

えらいところに転校してきてしまった。

つくづく後悔している。

というわけで、シェアルームで七夕さまとふたりきりになる頃には、慣れない筋肉を使ってすっかりくたくたになっていたので（わたしに筋肉があったことが、そもそも驚きだ）、わたしは二段ベッドにぶっ倒れるようにして、眠ったのだった……、勝手に上の段を取ったのは行儀がいい行為とは言えなかったが、普段以上に、気遣いのできる状態では、わたしはなかった。

ちなみに、たまたま七夕さまが一人部屋だったということではなく、元々の同室者を無法者のわたしが追い立てたということでもなく、生徒会役員にはそういう特権があるそうだ――ひとりで集中して仕事をしてもいいという特権が。わたしに別の部屋をあてがうこともできただろうに、わざわざ役員と同室にしたあたり、『M計画』を手伝って欲しいという生徒会長のお言葉もまた、決して社交指令ではないのだろう。

ん？　なんですって？
そんな規律正しい寮生活が営まれているのであれば、制服がかっちょいいスーツになっただけで、アーチェリー女学院はそんなに退廃してないんじゃないかって？　大人を追放して、子供達だけでしっかり自治運営ができるのであれば、それはそれでいいんじゃないかって？

いい質問だ。つまり、わたしにとっては嫌な質問なのだが……、訊かれては答えざるを得ない。

もちろんわたしもネバーランドは好きだ。ちょうど取りかかるところだし、朝食当番を例にとって話そうかしら――朝五時に起きて、寮生が自ら食べる朝食を、自らの手で調理する。

素晴らしいシステムだ。家事の大切さも、食材への感謝も同時に学べる。やり甲斐だってある。

ただ、数ヵ月前まで提供されていた朝食は基本的に和食で、あんを垂らした朝がゆに朝鶏からいただいたばかりの卵による目玉焼き（ふた玉のみ）、鮭の照り焼き、化学調味料不使用のお味噌汁に自家製の漬け物、手摘みのお茶――みたいなメニューだったそうだ。
もしもその献立が今も引き続いていたなら、たとえ不良くんの手ほどきを受けていても、わたしでは手も足も出なかっただろう——実際には受けていないし。横から見てただけだし。

だが、栄養評価を厳格に定めていた大人達がいなくなり、子供達が自治権を得たアーチェリー寮の現在の朝食は、朝からラーメンである。朝ラーである。そりゃあさすがにインスタントラーメンではないけれど、基本、ラーメンとギョーザとチャーハン、そして唐揚げである。

朝食を食べていると言うよりカロリーを食べているかのようなメニューだった……、不良くんが見たら卒倒する。

しかしこれでも朝食はまだマシなほうで、校舎内で取ることになる昼食なんて、スナックだったり菓子パンだったりはたまたアイスクリームだったりする——夕食に至っては、なんとお酒が振る舞われます。

詳しくはないけれど、純米酒とか清酒とかいうらしい——女子中学生の飲酒がどれほど清純なのかは、不勉強で知らないけれど、とにかく食事が完全に嗜好品化している。スパイとしては付き合って呑むべきシーンだったが、わたしはそこまでの覚悟をして乗り込んできていないので、下戸の振りをして逃げた——呑んだことがないので、振りなのかどうかもわからん。

もうおわかりでしょう。

『大和撫子を目指して、女の子らしくしなければいけません』と育てられた彼女達が男装するその意味。

つまり、これまで規則できりきりがんじがらめに締めつけられてきたアーチェリー女学院の退廃は、『タブーを破る』という形で表層しているのだった。

5　お嬢さまのカリキュラム

裏を返せば、それはお嬢さま育ちゆえの生来なのか、それとも三つ子の魂百までなのか、五時起きだったり『おつとめ』だったり、その辺のシステム自体はしっかり残ってしまっている辺りが、そしてそのシステムにのっとって『真面目にタブーを破っている』感じが、ちょっと滑稽（こっけい）でもあるのだが……、しかし、いかに滑稽であろうと、笑えるかと言えば笑えない。

現代文の時間＝漫画を読む。

古典の時間＝昔の漫画を読む。

理科の時間＝洗剤を混ぜ合わせる。

社会の時間＝ゲームをする（歴史ゲーム）。

英語の時間＝スラングを学ぶ。

授業に関してもこの有様だ——ついつい理科の時間が突出して危険なことのみに目が行きがちだけれど、とにかくこれまで『やっちゃ駄目』と禁じられていたことを端からやろうとしているこの姿勢は、彼女達と同世代で反抗期まっただ中のわたしから見ても、かなりやばい。

ぜんぜん微笑ましくない。

まだしも将来への展望を失い、自虐的なほど自堕落的にだらだらだらけていた髪飾中学校の生徒のほうが、まだ可愛かったような……、いや、印象じゃなくて、実際、みんな革命児になってしまっているわけだし。

大和撫子による革命。

決してこれが決して胎教委員会や、沃野くんのやりたかったこととは思えないのだけれど——それとも、これでも『計画通り』なのだろうか？

計画通り——M計画。

果たして。

「いかかでございましたか？　瞳島さま。丸一日、アーチェリー女学院で過ごされて——

きっと驚かれたこともあったのではないでしょうか」

驚くどころじゃなかったよ。

授業を終えての放課後、わたしは再び、生徒会室を訪れていた――室内のメンバーは昨日と同じで、会長、副会長、書記という生徒会役員三名と、転校生一名の、計四名である。

「驚いたと言うのとはちょっと違いますが……、ええ、率直に言わせていただきますと、少し面食らいましたね」

「めんくらう？」

そこで加賀屋生徒会長さまが、一瞬、素に戻ったように首を傾げた――『面食らう』の意味がわからなかったらしい。語彙が少ない荒くれタイプには見えないので、たぶん、ここは素直に育ちの良さが出てしまったのだろう……、『面召し上がる』というべきだったのかな？

それだと、ラーメンを食べるみたいだけど。

間食のラーメンか。

「……驚いた、です」

わたしは言葉選びに妥協した。

わたしは妥協できている。

どちらにせよ、率直には言っていない——アーチェリー女学院を丸一日体験してみて抱いたもっとも素直な感想は『ドン引き』なのだから。それもきっと、アーチェリー語にはない言葉だろう……、カリキュラムが進めば、現国の授業で、漫画で学ぶことになるのかもしれないが。

「そうでしょうとも。何を隠そう、この校舎もあの寮も、文化遺産に指定されているのですから」

加賀屋生徒会長さまは、とても誇らしげに言った——いや、わたしが驚いたのは、そこじゃあないのですが。

「なればこそ、相応しいとは思いませんこと？　我らが『M計画』に」

おっと。いきなり本題ですか。

秀でてらっしゃる。

まあ、『おつとめ』に忙殺されているうちに、あるいはアーチェリー女学院の『進歩』に呆然としているうちに、七夕さまからの聞き取りはとうとう叶わなかったので（ちなみに彼女とクラスは別だった。わたしは情組に配属された……、情組？）、企画立案者の口からじきじきに聞かせてもらえるというのであれば、願ったり叶ったりだ。

その七夕さまは、副会長さまと共に、会長さまの左右に控えている——上長を差し置いて喋ろうとはしないその慎ましやかな姿勢は、なるほど、大和撫子っぽい。男装してなければ。

わたしをご存知のかたは、もちろんわたしの神経質さもご存知だと思うので、あえて説明するまでもないのだけれど、初対面の人間と同室で過ごすというのは、まあまあのストレスだった——のだけれど、その上で感想を述べさせてもらうと、七夕さまが悪い子じゃないことは確かだ。それはわたしが保証する。仲良くするのは無理かもしれないけれど、この場合、それは彼女の善性を示す——ただし、生徒会長さまの方針に、生徒会長さま以上に心酔している風なのが厄介である。

つまり結局、彼女もまた、胎教委員会のシンパであるも同然なのだから——その意味でも、わたしが彼女と仲良くなり過ぎるのはまずい。その心配はないにしても、念のため、適度な距離を保たなければ。わたしが普段されていることをしなければ。

ちなみに、副会長の水松木さまは、この席に限らず、昨日から通算して、まだ一言も喋っていない——自己紹介さえ、七夕さまに任せていた。のみならず、いかにも『切れ者の懐刀』というニュアンスで、わたしのことをじっと睨み続けている……、ひょっとしてバレてる？

いや、バレていたら、わたしが今、ここにいるわけがないか……、『年老いた大人』同様、追放されているはずだ。

ただ、警戒はされているのかも。まあ怪しいわな。

そうなると、ここで、振られた『本題』にばくっと食らいつくのも（召し上がりつくのも？）、あまり利口ではないのかもしれない……、どころか案外、すべてが罠（わな）だったりして。

一瞬だけ、興味のない振りでもしてみるか。

「ええ、『M計画』もいいですけれど、あなたがた、みんな変わった名前ですよね」

こうじゃなかった気がする。

わたしは熟考しないほうがいい。

人の名前にケチをつけるというのは、ともすると親や一族にケチをつけられたと受け止められかねない愚行である――しかし、ここで加賀屋生徒会長さまは、

「そこにお気付きですか」

と、むしろ嬉（うれ）しそうに頷いた。

この人、鷹揚（おうよう）の塊か？

わたしが生まれ持たなかった分が、この人のところにいったんじゃないか？

「さすがは咲口さまの後継者でございますわ。目の付け所が違います」

そりゃあ『美観のマユミ』でございますから――という自白でも誘っているのかと思ったけれど、さにあらず。

「これもまた進歩の一歩なのですよ。変わった名前は悪であるという凝り固まった常識に、わたくし達は果敢に、そして可憐に、挑んでいるのです」

「…………、え、つまり、偽名ってことですか？」

「本名ではないという意味では偽名ですことね。しかしわたくし達としては、真名と言いたいところでございます」

「…………」

その後、夫婦同姓なんて古代の制度を法で規定しているのは世界中で日本だけだという話を、生徒会長さまは一時間にわたり展開した――あの、夕方のおつとめの時間、過ぎちゃったんですけど。

考えてみれば、親とか一族というのも、彼女達にしてみれば、教師陣同様の『年老いた大人』なのか――そもそも自分の娘を、この縛られまくった学校に入れた保護者なわけだし。

変な名前（そういうことなら遠慮なく言える）を自ら名乗る可愛らしさは、反面、親の名字や、親がつけてくれた名前を名乗らないというクーデターなのだろう。

うん。その辺りか――気になるのは。

結局のところ、『携帯電話の所有禁止』という校則、つまりタブーを破っている生徒が今のところいない様子なのは、さすがにその契約に関しては、保護者の許可が必要になるからだ――その件は、昔、ロリコンに無理矢理ケータイを持たされたときに学んでいる。あのロリコン、わざわざわたしの親を差し向かいで説得していた。てめえ、わたしの家庭をどうしたいんだよ。

つまりこの内乱。

い、い、い、い、い、い、い、い、い、い。

保護者の知るところではない。

「会長。あの、そろそろ――」

話が逸れたまま戻ろうとしない熱弁をさすがに見かねたのか、七夕さまが加賀屋生徒会長さまに声をかけた。

「そうですわね。お話を進めましょう。進化させましょう。瞳島さま、『M計画』の『M』は何の略か、おわかりになりまして？」

本筋が戻ったことは嬉しかったが、あちらからの質問の形になってしまった――やはり余計な茶々は入れるべきではない。

これも天罰と思い、考える。熟考しない程度に。

マッカーサーではないとして……、マダムでもないよな、たぶん。むしろ、現在のアーチェリー女学院の肝煎り(きもい)だというのなら、それとは真逆の思想を帯びていそうなものである。

「マゾヒズム……、の略でしょうか？」

「まぞひ？」

正解を外しただけでなく、会長さまの語彙からも外してしまった——マゾヒズムもアウトなのね。

グレかたのわからない優等生みたいだ。

説明できるほどSMに造詣(ぞうけい)が深いわけでもないので、それもまた漫画で学んでもらうしかないか……、よく『漫画の影響で青少年が凶悪犯罪に手を染める』みたいな論調があって、それを根拠にアーチェリー女学院ではそんな『読書』が禁じられていたのだろうけれど、実際のところ、どうなんだろうなあ。

不良くんなら、「漫画の影響で凶悪犯罪に手を染める奴(やつ)なんていねえだろ。軽犯罪に手を染める奴がいるだけで」なんて風刺を利かせそうだけれど、じゃあ締めつけ教育が健全さのみを誘発するのかと言えば、そんなことは全然ないわけだし。

実際、こんな事態を招いちゃってる。

「おとぼけなさって。他ならぬ瞳島さまなら、もうとっくにお察しのことでございましょうに」

わたしの評価がなぜか高い。

他ならぬどころか、その他の瞳島なのに。

理由を察しかねたが、ひょっとするとそれは、ナガヒロリコンの後光が差していることもさることながら、わたしから反逆児の気配を感じ取っているのかもしれない——確かに、その点、キャリアが違うと言えなくもない。

「『M』は、『MUSEUM』の略でございますわ」

「『MUSEUM』?」

つまり——音楽堂?

6 『MUSEUM計画』

発音的に『MUSIC』に引っ張られてしまったけれど、もちろん『MUSEUM』の邦訳は、『音楽堂』ではなく『美術館』である。

ゆえに、『M計画』は『美術館計画』。

加賀屋会長さまが、新生アーチェリー女学院の旗印として展開しようとするそのプランとは、文化遺産にも指定されている校舎や寮を、美術館として一般公開するプロジェクトだったのだ。

だ、か、ら、こ、そ、相、応、し、い——か。

なるほど、世界に冠たるルーブル美術館も、元は王族が住むお城だったというし、ハコの設定としては、確かにこの学校はしっくりくる……、関係者以外、どころか、保護者すら立ち入りできない究極の禁足地、全寮制の女子校の門戸を広く世間に開放しようというのは、進歩的解放運動を唱える以上、むしろ必ずおこなわねばならない義務なのかもしれない。

クーデターの行き着く先としては、当然の着地点とも言える——社会に認めてもらわねばならば、いずれは『年老いた大人達』の反撃に遭い、少女達の革命は沈静化されることになるのだから。

なるほど。

と、心の中で頷く一方、わたしはしかし、ちょっと拍子抜けした——拍子抜けと言っちゃいけないのかな、がっかりするべき場面じゃない、むしろほっとひと安心したと言うべきなのか。

でも、肩透かしを食らった——召し上がった感があるのは本当だ。

なんだ、まともじゃん、と。

ビビらせてくれちゃって。

昨日からの学校見学で、わたしも令嬢クーデターの毒気に当てられてしまったところがあって、悪い想像ばかり巡らせていたけれど、思えば改革のすべてが、間違っているわけじゃあない。

元々の私立アーチェリー女学院の、閉鎖的で旧弊的なありようが、絶対正義であるなんて、そんなことは誰にも言えないわけだし——そういうことなら、協力するのもやぶさかじゃあない。

おおやけにはできないけれど、わたしも一応、現時点ではまだ、れっきとした美少年探偵団のメンバーなのだから、美に関しては一家言ある。いや、あるかないかで言えば、一家言はないのだけれども、それでも数々の『おつとめ』よりは、よっぽど相談に乗れると思う。琵琶湖に浮かぶ現代のパノラマ島で、五つの美術館を見てきた経験をここで活かし、そしてそんな共同作業の中、狡猾にもさりげなく胎教委員会の調査を——ん。

いや。待てよ。待てよ待てよ。

ハコはいい。この校舎やあの女子寮なら、デザイン的にも構造的にも、美術館としての基準を十分満たしていると言える――いいどころか最高だ。けれど、ハコの中身はどうする?

アーチェリー美術館には『何』を展示するんだ?

嫌な予感がする。嫌な予感しかしない。現時点で既に嫌だ。

胎教委員会、そして沃野くんが絡んでいるとなると――それはもう、予感ではなく実感だった。

「もしかすると、瞳島さまもご覧いただいているかもしれませんが……、わたくし達が製作した短編映画『裸の女王蜂』を、ご存知でございましょうか?」

ご存知だし、ご覧いただいている。

そもそもその短編映画の配信こそが、わたしがここにいる理由なのだから――胎教委員会主催の映画祭の、グランプリ作品『裸の女王蜂』。それがアーチェリー女学院の異変の端緒とも言える。

「振り返ってみれば子供心が許した未熟な作品ではございますが、でも、わたくし、とっても手応えを感じましたの。いいえ、手応えどころか。生まれて初めて、生きていると感じました」

言葉通り、生き生きした風に爛々と、真名の通りきらきらと目を輝かせて、加賀屋会長さまは続ける。

「あれこそが新時代の女性の、美しく解放された姿だと確信いたしました」

「美しく——」

「ああでなければなりませんし、あれではまだまだ足りません。ですから」

来たるべきアーチェリー美術館では、我々全校生徒のヌード写真を大々的に引き伸ばして、学校中に展示したいと考えております——と、『M計画』の骨子を、力強く宣言したのだった。

7　水松木副会長さま

マゾヒズム計画で合ってたんじゃないかと思わせられる狂気のプレゼンを聞き終え、わたしはいても立ってもいられず、生徒会室を飛び出した——とんでもない計画に関与することになってしまった。

怖い怖い怖い怖い怖い怖い怖い怖い。

知らず知らずのうちになし崩し的に、そんなつもりなんて毛頭なかったのに、いつの間にかすごく危険な会に参加する羽目になってしまったみたいな心境だ――いや、これ、比喩じゃなくてそのまんまである。

守旧的な価値観、倫理観で雁字搦め（がんじがら）めの4の字固めにされていた箱入りの女子中学生が、全国大会グランプリという成功体験を経たことで、とんでもない着地を決めようとしている。

女子中学生のヌード写真美術館？

退廃どころじゃない。犯罪だ。凶悪犯罪だ。

以前、天才児くんが描いたわたしの裸婦画が、危うく一般公開されそうになった事件があったけれど（『美少年盗賊団』）、それでもあれは、まだ絵画だった――写真となれば、問題の規模も、意味も、見えかたも、まるで変わってくる。

それに、全校生徒？

ミュージカル仕立ての映像作品『裸の女王蜂』は、そもそも全裸ではなかったし、それに、出演者も限られていた……、あれをアートと認めるかどうかも、議論の分かれるところではあるだろうけれど、確かに全否定することは難しい。少なくとも議論することはできる。

やり甲斐はあっただろうし、生き甲斐も感じただろう――けれど、学校を舞台に、全校生徒が参加してそんな美術館を展開するというのは、なんというか……、アートと言うより、もうデモクラシーだ。

抗議活動と言っていい。

教科書に載るレベルの決起である——そりゃあ効果的ではあるだろうし、アートと同様、デモだって、軽々に否定されるべきものじゃない。あっていいものだし、なくてはならないものだ。

一般市民が表現の自由を獲得するために積み重ねられた、先人達の計り知れない苦労を思えば、『よくわからないけれど、なんか危なそうだからやっちゃ駄目』みたいな曖昧な禁止条項は、あるべきではない。せめて、『わかるから駄目』でなければ……、『わかるけど駄目』でもなく。そして十代の子供だって、主張すべきは主張すべきだ——世の中を勝手に決められてたまるかという気持ちには、わたし自身同じ十四歳の女子（男装女子）として、大いに同調できる。楽器のように共鳴する。

けれど……、本当にわかってるのか、あの子達？

彼女らを『大和撫子』に育成しようとした『年老いた大人達』に対するその反抗が、いったいどれほどの範囲に累を及ぼすことになるか——天才児くんが描いたわたしのヌードが公開されるだけでも、指輪財団の基幹が揺らぎかねなかったのだ。

念願叶って今回の革命が成ってしまえば、その騒動は、国内だけには収まらない――国際連合とかG8とか、そのクラスの会議室の机上に置かれても何ら不思議じゃないテーマになる。

しかも加賀屋会長さまの夢は膨らむばかりだった。

「開館には間に合わないでしょうが、いずれは彫像も制作する予定ですわ。入学式の際の裸像と卒業式の際の裸像を並べて展示すれば、少女の誇らしき成長を知らしめることができるでしょう。もちろん、来館者さまがくつろげるレストランも併設する予定ですわ。そこでは名物料理として、女体盛りを――」

マゾヒズムを知らないのに女体盛りを知っているのはおかしいだろう――不良くんが激怒する。国語の授業の成果なのかなんなのか、お嬢さまの知識が恐るべき偏りを見せはじめている。

成功体験が人をこんなにおかしくさせてしまうとは――いや、それはもう、アートとかデモクラシーとかじゃなくって……、世間知らずの女の子が、おだてに乗せられて脱いじゃったみたいな……、絶対後悔する奴なんじゃ――

さすがにわたしも、そんなまがまがしいプレゼンをひたすら黙って聞いていたわけではなく、それとなく、遠回しに、全裸はまずいんじゃないかと苦言を呈してみたりもしたの

だけれど、

「女の子はスカートを穿くべきだと仰るのですか？　あなたほどのかたが」

と、ぴしゃりと叱られてしまった。

そんな話はしていないし、まあ、スカートか全裸の二択だったら、スカートだと思うけれど……、ゴディバ夫人やヌーディストビーチで理論武装していた加賀屋会長さまを論破するには、わたしほどのかたの準備が足りなかった。あまりにも予想だにしていない展開だったもので。

美少年探偵団のメンバーとして、あの五人の奔放な活動による不始末の処理に追われていたつもりでいて、でも、いざわたしがいなくなっても、五人は変わることなく活動を続けていて——そんな気苦労は間抜けなわたしの勘違いだったのだと痛感したものだけれど、これに関しては、はっきりと言える。

わたしが何とかしなきゃ。

保護者に保護されることを拒絶する彼女達を、どうにかしてわたしが守ってあげなければ、全校生徒が破滅する、どころか、他校に感化される者が現われるリスクさえあることを思うと、ことは一刻を争う——と。

とにもかくにも『M計画』の内容を知るという短期目標を達成できたことをスパイ活動

の成果と数え、一度指輪学園に戻ろうと考えたわたしが、荷物を取りにアーチェリー女子寮へと戻ったところで、後ろからつかまれた。

つかまれたのは手首だったが、わたしは心臓をつかまれた気分だった――どうやら、飛び出した生徒会室から、ずっとつけられていたらしい。

水松木副会長さまだった。

青ざめる――まずい、やはりこの人は、わたしのことを疑っていたのか。わたしが下手に（本当に下手に）加賀屋会長さまのプランを妨げようとしたことで、確信を得させてしまったのかもしれない。

最悪だ、『M計画』の内容、アーチェリー女学院の極秘プロジェクトを知った上で、身の上が露見してしまうなんて――どんな裁きが下るんだ？　荷物なんて放っておけばよかった。荷物がお荷物になろうとは。他校への潜入なんて、どうせバレてもてへぺろで済むなんて甘い算段は、とっくの昔に潰れている――

「きみ、本当は転校生なんかじゃないんでしょ？」

わたしの手首を強く、ぎゅっと握って離さないまま、水松木副会長さまは、初めて喋った――ずっとわたしを睨み据えていた冷徹硬派なイメージとはややズレる、ハスキーボイスだった。

ああ、やはり。

二の句の継げない囚われのスパイに、しかし彼女は、

「お願い。僕達を助けて」

と、二の句を継いだ。

あるいはわたしよりも青ざめて。

「『M計画』とか。僕、そんなことしたくない」

……僕っ子？

8 ヘルプ

焦点をズラしたリアクションで章をまたぐのがわたしの癖になって来ているが、考えてみれば、男装姿の水松木副会長さまの一人称が『僕』であることには、実は違和感はないのかもしれなかった――男装姿のまま、上品にも『わたくし』という一人称を貫いている加賀屋会長さまや七夕さまのほうが、ともすると役作りが行き届いていないとも言えるのだ。

だが、その男装すら、水松木副会長さまにとっては、『したくない』ことの範疇(はんちゅう)に入る

ようだ——と言うか、

「何もかもおかしいよ、今、この学校」

と、彼女は首を振るのだった。

わたしの手首をぎゅっとつかんで離さないのは、不埒なスパイを逃すまいとしているのではなく、つかんだ藁を離そうとしない、必死さの表れのようである。

なにせ、寮内の、彼女の部屋——つまり個室——に連れ込まれても、まだ離そうとしないのだから。

「なんでみんな変だって思わないの？　学校なんだから勉強しようよ。ヌードを写真に撮って広く一般公開とか、僕、そんなの、死んだほうがマシだよ。絶対に正気の沙汰じゃない」

「…………」

堰を切ったように喋り出す僕っ子……、涙ぐんでさえいる。無口な冷徹副会長というのは、どうやらわたしの勝手な先入観だったようだ。

わたしを睨んでいたのは、外部からの人間に助けを求めようとしていたからで、彼女はずっと、こうしてわたしとふたりきりになれる状況を探っていたのか——転校生と言えば、沃野くん（目口じびか）も一応は転校生だったわけだから、迂闊に助けを求めるわけにはいかず、本当にわたしの正体を探っていたところもあったのだろうが（わたしが胎教委員会からの二人目の使者だったりしたら、目も当てられない——もしかすると会長さまはそれを期待しているのかもしれないが）、わたしがさっき、反射的に『M計画』に否定的なことを言ったことで、思い切って行動に移したようだ。

あれで正体がバレたという予想は、正反対の意味で正鵠（せいこく）を射ていたわけだ——スパイの愚行だったことに違いはないけれど、いやはやなんとも、世の中、何が幸いするかわからない。

そして、助けを求められる立場でありながら、わたしは百万の味方を得た心持ちだった——全校生徒が一致団結して、あんな狂気のプロジェクトを推し進めているわけじゃあないのだ。

七夕さまの心酔は本物だとしても……、そうじゃなく、ただただあの生徒会長の言われるがままになっている、同調圧力でそうせざるを得ない生徒も、いる。

たぶん相当数いる。

いないほうがおかしいのだ——多数決ではそちらの勢力のほうが勝っている可能性だってある、単に、声を上げられないだけで。サイレントマジョリティーと言うのか……死人に口なしと言うのか、死んだほうがマシと思っている女子が。

だとすれば、突破口はある。特に何も思いつかないけれど、まだ守れるかもしれない……、全員を。

「あんな人じゃなかったのに……、会長、すっかりおかしくなっちゃった。目口じびかのせいで」

かぶりを振る水松木副会長さま。

いや、もうこの子のことは、普通に水松木ちゃんと呼んでもいいかもしれない。

「だいたい、どうするつもりなんだよ。外から人を招いたりして。たばこの葉を育てたり、密造酒を造っているところを見られでもしたら」

そんなこともしてたんかい。

調査期間が一日じゃあ、わたしも何から何まで見落としなく調べられているわけじゃあないけれど、この分じゃ、もっとまずいことも、既に現時点でやってしまっているかもしれない……、それがどれほどのことかも、把握しないままに。

グレかたを知らないお嬢さまだから大した悪事は働くまいというのは、いささか楽観的な予想だったようである——むしろグレかたを知らないから、際限も知らない。

「僕、子供の頃からすごくガサツで……、女の子っぽくとか、どうしてもできなくて……、だから凜(りん)とした大和撫子ってのにすごく憧れてて、だからこの学校に編入して、会長に出会えたことが、すごく嬉しかったのに——舞踊とかお琴とか、ぜんぜん下手だったけど、それでもさ。その授業がブレイクダンスや軽音楽になるのは、違うだろ？　そうじゃないだろって話」

そうじゃないだろって話ですね。

編入生ゆえにアーチェリー女学院の新しい校風に染まらなかったというのも、皮肉なものだ。

使う言葉もアーチェリー語じゃないし。

合う合わないはどうしてもあって、誰もが憧れや理想通りにできるわけじゃないけれど、この場合、それがよく働いた——いや、いいかどうかは、まだ判断しかねる。いっそのこと七夕さまみたいに、疑問なく心酔してしまうほうが楽かもしれない。

「和食、作るのは苦手だったけど、食べるのは好きだったし……、今みたいな食事続けてたら、絶対身体壊すって。やめられないけど、それくらいわかるって」

「やめられない——」

「嫌ならやめればいいじゃんなんて、お願いだから言わないでよね。やめられないんだよ、もう。他のみんなを残して逃げられないし、僕だって、共犯みたいなものだし。あんな映画を面白半分で撮ったときには、僕もノリノリだったし……」

気がついたら泥沼だったわけだ。ずるずると、沼に引きずり込まれていた。

ありがちと言えばありがち——ありがちな悲劇だ。

軽犯罪は、そうやって凶悪犯罪に至る。

「今はあんなの、作品なんて呼びたくない。未熟なんてもんじゃない、ただの恥だ。けど、会長もあんなに誇らしげだし……、でも、『M計画』なんて、おんなじことになるの、目に見えてるし。会長だって、いつか絶対に後悔するはずだよ。ねえ、僕、どうしたらいいと思う？」

昔のわたしなら、即答で『知らんがな』と言うところだ——先週までのわたしでも、たぶんそう言っていたかもしれない。

けれど、わたしは、今日のわたしだ。

瞳島眉美最後の事件を、『知らんがな』で幕引きにするわけにはいかない——だんだん腹も立ってきた。

タブーを破ることがアート？

いやいや、『やっちゃ駄目って言われたことをやる』なんて、それは『言われたことしかやらない』の次に低レベルな芸術家だろう……、発表して初めて、そんなタブーがあったことに気付かせてくれる作品こそ、作品と呼ぶに値するのでは？

わたしは、わたしの手首を未だつかみ続ける水松木さんの手に、反対側の手をかぶせた。

「わたしの前に来た転校生のことを、できる限り教えて。言ったこと、したこと、言葉遣いや些細な仕草まで。引き替えに教えてあげる——ううん、見せてあげる」

『美観のマユミ』が。

観せてあげる。

「美しいっていうのが、どういうことか」

わたしなりの『M計画』。マユミ計画。

9　考察パート

さあ、大言は壮語したぞ、これからどうする？

真っ向から世間に問題提起し、強く改革を訴えるつもりでいても、そのやりかたじゃあ結局、世間のおもちゃになっておしまいだと、そんな正論を突きつけたところで、あのお嬢さま会長さまが、膝を打って納得してくれるとは思えない——遠回しに、わたしにしては珍しくもふた心なく申し上げた苦言を、あと何度繰り返したところで、むしろ彼女のやる気を喚起する結果に終わりそうだ。

その負けん気の強さは嫌いじゃないんだけど。

乗せられやすいカリスマ。これまで相手取ってきた中で、そのプロフィールは最強の敵だと言っても過言ではない——しかもわたしは、その敵を守るために戦わねばならないのだ。なんだそりゃと言いたくなる。

いつもならこの議題を指輪学園の美術室に持ち帰って、メンバー全員で探偵会議（または『リーダーに誉められ会議』）をおこなうのが通例なのだけれど、今回はその手は使えない——あの五人の美少年に協力を仰ぐのはタブーである。タブー破りがモチーフとなるこんな展開じゃなくっても、そのタブーは破れない。

くだらない意地だと自分でも思うが、これは貫かざるを得ない、ラストミッションの中軸だ。

ここがブレたら全体が崩落する。

いや、重ねて弁明させてもらえると、これは必ずしもわたしの虚栄心だけにとどまる問題でもない……、五人の美少年とは、つまり少年であり、もっと言えば、男の子であり、男子である。

全校生徒が男装していようが何だろうが、女子のフルヌードが展覧される美術館には、できる限りご招待したくない。

そう考えるとちょっと笑える。

瞳島眉美が美少年探偵団唯一の女性メンバーであることが、最後の最後で活きてきたという、これはまさかの展開なのだから。

もちろん、笑えるのは、その唯一の女性メンバーが、この突飛な事件を抜かりなく、美しく解決したのちのことだけれど——クズが最後の最後でやらかしましたじゃあ、笑い話にはならない。

要点を整理しよう。

『抜かりなく』とは言ったものの、現実的に考えて、私立アーチェリー女学院に起きているすべての諸問題を、わたしの単独行で解決するというのは、事実上不可能だ。そんなことはできっこないし、できるとしても、するべきではない——それじゃあ結局、沃野くんがやったことと、なんら変わらない。正反対なだけで変わらない——その点、水松木さんの期待に応えられなくて非常に申し訳ないのだが、『外部からやってきたスーパーヒーローがすべて解決してくれた』じゃあ、先の展望はないのだ。

要するに『恵まれない人々にお金をバラまいて万事解決』しても、その方法で救えるのは現在だけで、未来には繋がらない——自分達の問題を自分達で解決できる未来こそが、向かうべき、そして迎えるべきゴールである。

いや、ゴールは更にその先――見ず知らずの他人に対して、そういうことを思えるようになる地点。

わたしは彼ら五人に、そこまでは導いてもらった……、でなければ、こんな面倒くさいこと、するもんか。

このゴールを、スタートにすることなんて。

お願いだからやめればいいじゃんなんて言わないでと、水松木さんは涙混じりに主張したけれど、わたしは言う、やめればいいじゃんと――自分でやめなければ、いずれは元(もと)の木阿弥(もくあみ)だ。胎教委員会から新たな刺客が送られてくれば、いや、そうでなくとも、きっと。自動的に。一度憶えた退廃から脱するのは至難の業である。自動を避けるなら、自律が必要だ――この場合は自立か？　それこそが、会長さまの求める進歩だろう。

ただし、当然ながら例外はある。

今にも飢えて死にそうな人に『己の手で、畑を耕し、種をまきなさい』と教訓を垂れることには一切の意味がないように、今この瞬間、崖(がけ)から飛び降りて宙に浮いている人に、自力で助かれというのは無茶だ。なので、喫緊であり火急である『M計画』の阻止だけは、わたしがこの手でおこなわねばならない――緊急避難の現場判断だ。

この手で……、いや。

この目で、か。

『美観のマユミ』の、『よ過ぎる視力』で。

10　視聴覚室にて

善は急げと言うけれど、善でなくとも急いだほうがいい……、ことは急を要する。ひょっとするとわたしのやることは、本当にただの、旧態依然とした守旧派の行為なのかもしれない。木から林檎(りんご)が落下するのを反射的にキャッチしてしまうようなもので、だけど林檎の木からしてみれば、そのまま地面に落としてくれたほうが種が撒(ま)かれたはずだったし、ニュートンはその瞬間を目撃し損ねることで重力を発見し損ねることになるやも……、それでも急げ。ごちゃごちゃ抜かすな、手順を抜かせ。

ハリーアップ。

わたしは水松木さんからの聴取を終えて（実際のところ、そんな交換条件が必要な局面ではなかったたし、たとえ胎教委員会のことを教えてくれなくとも、わたしのやることは決まっていたが、やはり水松木さんも不安定な精神状態だったのだろう。そんな判断がつかないくらいには)、そのままその足で女子寮の廊下を歩き、副会長さまの個室から生徒会長さまの個室へと向かった。

留守だった。

あれ？　そろそろ門限じゃ？

そんなタブーは破られたのか……、それとも何かの『おつとめ』か、あるいは『おけいこ』だろうか？　勢い込んで乗り込んでも、敵がいないんじゃ仕方ない……、こうなると、確かに携帯禁止のタブーが邪魔である。すごすごと水松木さんの部屋に戻って、心当たりはないか訊いてみると、

「ひょっとすると、まだ校舎なのかも——視聴覚室じゃないかな」

との返事だった——視聴覚室ねえ。

ただのありきたりな特別教室の名前なのに、『M計画』の内容を知った上で聞いてみると、こうも不穏な響きの特別教室も珍しい。

向かってみると、案の定だった。

視聴覚室では加賀屋会長さまがひとりでいそいそと、カメラやらビデオやらの、撮影機材の手入れをしていた——そちら方面には造詣の薄いわたしでもわかる、テレビ局で使われているような、大層極まる機材である。

あの二台合体してるみたいなカメラって、３Ｄとか IMAX とかを撮影する機材じゃないの？　そんなもんを使って、女子中学生のヌードを撮影するつもりなのか、この人は……、結構な力仕事であるのに、たったひとりで手入れをしているのは、購入したばかりだと思しきそれらのカメラが、彼女の愛すべきアーチェリー生へのサプライズだからなのかもしれない。

ううむ。

なんにせよ、ひとりでいてくれるのは好都合だ。視聴覚室にわたしが這入ってきても気付かないほど熱中して、美術館開設の準備に勤しむその姿だけ見ると、生徒会長の鑑のようにも見えるんだけど。

「あら。瞳島さまじゃございませんこと。早速、手伝いに来てくださったのでございますか？　水松木さまや七夕さまには、まだ秘密にしてくださいましね」

ようやく侵入者に気付いたお嬢さまは、そんなことを呑気に言った——その言からすると、わたしの推測は大きく外してはいないらしい。

七夕さまはともかく、この教室を教えてくれたのは水松木さんなので、彼女は薄々察しているのだろうけれど……、そりゃああも不安定にもなるだろう、とんだサプライズである。

「そうですか。実を言いますと、加賀屋会長さま、わたしのほうからも、秘密にしておいて欲しいお話があるんです。あるんでございます」

内緒の相談が——と、わたしは切り出した。片言で。これからわたしが言おうとしていることを、どうしてさっき生徒会室で言わなかったのかという弁明である——ふたりきりで話したかった、と言う弁明。

不要なこじつけかもしれないし、細かいことかもしれないけれど、気付いた矛盾点はできる限り潰しておきたい……、つまり、『水松木さんが余計なことを密告した』可能性を、会長さまに思いついてほしくない。

「乗りましょう。それがどんな相談でも。わたくしはそのためにあるのです」

機材メンテナンス作業の手を即座に止めて、会長さまはわたしに向き合ってくれた——真摯な表情である。わたしはこれからこんないい人を騙そうとしているのだと思うと心が痛むが、しかし、いい人は既に騙されているのだと思うことで相殺した。

そうでなくとも、厳密に騙すわけではない。

わたしは本当のことを言うだけだ。

「実は他でもない『M計画』に関してなのです——なのですございます」

「あら？」

わたしのアーチェリー語遣いの不自然さに首を傾げたのではなく、てっきりプライベートな相談を打ち明けられると思っていたのだろう、意外そうな顔をする会長さま――大丈夫、プライベートな相談であることに違いはない。

この上なくプライベートだ。

「繰り返しになってしまいますが、とても素晴らしい事業計画だと思います。そんな革新的なアイディアを閃くだなんて、会長さま、あなたこそ、まさしく新時代の女性、いえ、新時代の女神と言うべきでしょう」

対話が対立にならないよう、褒めそやすところから入ってみたわたしだったが、人をおだてるのが我ながら下手過ぎると思った……、他人の誉めかたがわからない。『繰り返しになってしまいますが』とか、生徒会室でそれとなく反対意見を述べたことを、まるでなかったことのように。

調子がよ過ぎる。

ただし会長さまは、そんなわたしの変節を責めることもなく、「それはそれは。ありがとうございます」と言う。

「あれから、更に新しいアイディアも生まれましたのよ。来館者に筆記具と用紙を配りまして、展示された芸術写真の中で、どの作品が一番アーティスティックなのか、投票していただきますの。芸術界も厳しい競争、切磋琢磨があってこそ、にぎやかに盛り上がりますものね。わたくしはアーチェリー美術館を、牧歌的な馴れ合いの楽園活動の場にするつもりはありませんの」

「はあ――それは素晴らしい」

素晴らしくねえ。

新しい女性像、強い女性像を求めていたはずなのに、なぜか一周して、いつの間にか前時代的なミスコンみたいなのを開こうとしてしまっている……、当事者は案外気付けないものだ。

志なんて、どこにでもあるって？

そう言えば、ファッションショーやなんかで、『華やかなのは花道だけで、裏側はまるで戦争のような慌ただしさだ――モデルさんは控え室ではところ構わず人目も気にせず裸になって、服を着替えているのである』みたいなエピソードがあるけれど、ああいうのにも近年ようやく、『あのう、個室で着替えさせてくれませんか』という突っ込みが入ったそうだ。確かに、考えてみれば、その慌ただしさは、スケジューリングで回避できるたぐいである。家庭や生活、人権をないがしろにすることが、一流の芸術家の証明のように語られても挨拶に困る。

一生懸命、精一杯頑張ることはなんであれ美徳なのだけれど、強要されるとちょっと違うって話だ——美しくない。

努力は権利であって、義務ではない。

努力義務って、変な言葉だよねえ？

「でも、会長さま。折角のお誘いなのですけれど、わたしは『M計画』に協力することが不可能なのです」

「ええ⁉　どうしてでございますの？　あなたほどのかたが、因習に捕らわれていると仰いますの！　二十一世紀の朝でございますのよ！　目を覚まして！」

協力を拒まれたことにショックを受けると言うより、哀れなわたしを洗脳から解こうとするように、加賀屋会長さまはわたしに近付いてきて、肩をつかみ、揺さぶる——『目を覚まして』と来たか。

今日はこれから夜だし、目を覚ますのはそっちだ、とは言うまい。夢と現実の差は、思っているほどにはない——夢と悪夢の差と同じくらいには。だけれど、『目』の話になってくれたことは、話が早くてありがたかった。

「だって、わたしの目は、もうすぐ見えなくなるんですもん——加賀屋会長さまがたとえどんなアーティスティックな美術館を開設したところで、どんな機材でどんな写真を撮影したところで、わたしにはそれを、目視することは叶いませんのでございます」

11　瞳島眉美

眼鏡っ子という概念がある。

あるいは眼鏡くんでもいい。

キャラクター属性、砕けた言いかたをするなら娯楽作品における萌え要素として数えられる概念なのだが、しかし、思えばこれは、随分無神経な言葉である。

さておき、ここに至るまできっかけがなかったので延び延びになってしまっていたけれど、そろそろわたしの視力のことを話そう――『美観のマユミ』の『よ過ぎる視力』について、注目しよう。

調子がよ過ぎるわたしの、よ過ぎる視力。

わたしは目がいい。

『いい』どころか、『いいいいいいいいいい』って感じだ。わたしは目がいいいいいいいいいい。

望遠鏡のように遠くのものが見えるし、顕微鏡のように小さなものが見える――レントゲンのようにX線が見えるし、熱探知機のように温度が見える。要するになんでも見える。たとえ存在しない星であろうと、わたしに見えないものはない――それだけの情報量を、わたしの貧弱な頭脳ではとても捌ききれないので、普段はオーダーメイドの眼鏡をかけて、眼鏡っ子もしくは眼鏡くんになって、その過剰視力を抑制しているくらいだ。

ただ、この頃、その抑制も利かなくなってきた。

美少年探偵団のメンバーとして活動を続けるうちに、そんな過剰視力が更なる成長を遂げてしまったのである――向上したのならいいじゃないかと言われるかもしれないけれど、その向上は欠かせないガソリンとして、眼球の寿命を使用している。

つまり（雰囲気を重くしないためにあえておちゃらけた表現をするならば）、失明の危機はもう目の前に迫っているわけだ――実際、危機という熟語ではやや弱い。それは決定事項だ。昇ったおひさまが沈むようなもので――天文学者ならぬお医者さまに、はっきりと宣告されている。

わたしの視力は、来年度までも持たない。

すべてが見えるわたしの目は、来るべきときが来れば、すべてが見えなくなる――まあ、この目のせいで人生が台無しになったと思い詰めたこともあったけれど、正直言ってなんだかんだで得な思いをしたこともあるし、今では、トータルでは差し引きゼロだと考えている。いいいいいいいいいいい取引、とは言えないにせよ、いい取引だった。神様との、あるいは、悪魔との。

だって、アーチェリー女学院を破滅させかねない『M計画』が間近に迫るこの局面で、有効な打開策となってくれるのだから。

「――というわけで、わたしの視力は近々失われます。ですので、加賀屋会長さまの考える美術館構想は、わたしにとって、何の意味もないものなのです。わたしが誰かの裸体に投票することは、ありません」

「それは――でも」

戸惑いを隠せない風の会長さま。

さっき、まるで厳しさを売りにするようなことを言っていたけれど、しかし本当の厳しさ（の、ようなもの）を突きつけられて、何と言っていいのかわからないらしい――アーチェリー語でも。

ただし、わたしもわたしで、同じことをするつもりはない。厳しさはあくまで限定販売にとどめるべきだ。美術館だろうとファッションショーだろうと人生だろうと、厳しいことが第一のアイデンティティになってしまっては、永遠に始まらない。

厳しさよりも、美しさだ。

「誤解なさらないでくださいね、加賀屋会長さま。今の話で重要なのは、わたしが遠からず失明することではありません――それはわたしにとっては、昔からはっきりしていた当たり前のことです。はっきり見えていたことで、覚悟はとっくに決まっています。そうではなく、その原因……、わたしの視力がよ過ぎることが、問題なのです」

それもわたしにとっては当たり前だけれど――透視能力、とはあえて言わないにしても、鍛えられ、発展した今現在のわたしの視力は、壁の向こうにあるものくらいなら、軽く言い当てられる。

まして。

いわんや、衣服の下など、お嬢さまの女子中学生に限らず、老若男女お構いなしにお見通しである――『美観のマユミ』にとってヌード程度、元々タブーでもなければ、アーティスティックでもないのである。

「そんなもの、わざわざこれ見よがしに展示していただかなくとも、大通りにお出かけしたほうが、よっぽどバリエーションに富んだ『作品』を鑑賞できるんですよ。折角のお誘いですし、志高い『M計画』に喜んで協力したいのはやまやまなのですが、しかしわたしの審美眼は、そんなステージにはないんです。見えようと見えまいと、アーチェリー美術館には、わたしが見るべき作品はありません。よってその美術館を設立する意味を、どうしても見いだせないのです」

「…………」

ちょっと挑発的で、演出過剰の物言いになってしまっただろうか？

まずった？

念のために断っておくと（もしかすると『眉美ちゃんもいいこというようになったじゃないか』と誤解する純朴な読者さまもおられるかもしれないので）、もしも第三者委員会に評価されたなら、わたしの理論は分が悪い――こんなの、『わたしが楽しめない作品に価値はない』と主張しているのに等しい。

危険思想だ。

善ではないどころか、独善である。

だからこそこの話し合いは一対一でおこなわなければならなかった――プライバシーは関係ない。たとえ正直なありのままであろうと、騙しているようで気が引ける、どころの話じゃないのだけれど、これで加賀屋会長さまが『M計画』を思いとどまってくれるのであれば……、撤回はしないまでも、ひとまず留保してくれるのであれば、万々歳である

……、批難は後日、喜んで受け付けよう。

が、ことはわたしの思惑通りには運ばなかった……、と言うより、わたしの策略は、発

案者であるはずのわたし自身に跳ね返ってきた。

跳ね矢？

そこはさすがは、アーチェリー女学院の生徒会長を務めるおかた、なのだろうか——胎教委員会や沃野くんにいいように操られている、ある意味では一番の被害者として、わたしはこの人を見ていた節があったけれど、これは『美観のマユミ』の、あるまじき見誤りだった。

ただものではない。わたしなんかに、そう簡単に言いくるめられたり、まして言い負かされたりはしない。

だからこそ胎教委員会に目をつけられたと言うこともできるのだが——

「そこまで仰るからには、瞳島さま」

しばらく沈思黙考したのち、意を決したように、加賀屋会長さまは言った——挑発的だったわたしに対して、挑戦的に。

対話のはずが、対立に。

「あなたさまには、つまり腹案があるのでございますよね？　ヴィジュアライズされた刺激を必要としない芸術観を、すでにお持ちになられている以上、あなたさまに来たるべきアーチェリー美術館のプランニングを一任すれば、わたくしのアートを幼稚だと言い切るだけの展示を、美々しくおこなっていただけるのですよね?」

「当たり前ですとも! もしもできなかったら、わたしのヌード写真をフライヤーに使っていただいて結構!」

あれ?

今わたし、結構って言った?

12 考察パート2

目も当てられない大失敗でこそなかったものの、どう贔屓目(ひいきめ)に見ても、残念ながら事態は収拾できなかった——他人事(ひとごと)ではなくなってしまったのだから、わたし個人に関して言うと、『M計画』は留保どころか悪化したと言っていい。収拾したかったはずが、これでは拡散である。

フライヤーって。

そんなもんがおおっぴらに配布されて、美少年探偵団のメンバーの目に止まりでもしたら、二度と指輪学園に帰れない。自主退団ではなく解雇、解雇ではなく登録を抹消されてしまう。

ただ、わたしもただただ一方的に、そんな悪条件を呑まされたわけではない——呑まされたも何も、勝手に自分から言い出しただけなのだが、それでも交換条件は成立させている。

もしもわたしが提出する企画展示の代替案で、加賀屋会長さまを納得させることができたら、そのときは、裸体展示を取りやめるだけでなく——

「そのときは、あなたの本名を教えてください」

……釣り合ってないな。

なんとなく格好いい決め台詞を言ったつもりだったけれど、そうでもなかった——その場の勢いでただの不平等条約を結んでしまった。

わたしはいったい何をやっているんだ。

でも、沃野くん——目口じびかについての情報は、既に水松木さんから得ているし、今更……、まあ、それでも、そういう条件にしておくべきだったのかな。情報が多くて困るということはあるまい——自分がスパイとしてこの女学院に潜り込んだことを忘れてはならない。

というわけで状況が変わった。激変した。

夜中に星空を見上げるばかりで、アートのアの字も知らなかったこのわたしが、新設される美術館の企画展示を任されることになってしまった——しかもテーマは『視覚に頼らないアート』と来た。

それじゃあ『美観のマユミ』の正反対だ。唯一の美点がまったく活かせない。

いや、そう絶望するのも早計か……、見方を変えれば、それは胎教委員会主催の映画祭のテーマ、『裸の王様』の中軸だった『馬鹿には見えない服』に通じるものが、ないとは言えない。

わたしは謹慎中だったため、結局、映画作りに参加することができなかったけれど、そのリベンジだと考えれば、あのとき使えなかったアイディアを生き返らせることができるかもしれない——いや、無理か。

テーマはどうあれ、映像作品なんて、ビジュアルインパクトの最たるものじゃないか——グランプリ作品『裸の女王蜂』がいい例だ。むしろ今回、わたしはその真逆を目指さねばならない。アイディアを再利用するにしても、相当の工夫が必要だ。

映画祭のときと違って、完成まで二十四時間なんて無茶なタイムリミットがないのが唯一の救いだが、だからと言って、そんなに時間はかけられない……、加賀屋会長さまはわたしの回答を待ってはくれまい。機材の手入れが終われば、そのままスムーズに撮影に移るはずだ……、ひとりでおこなう準備が、どれくらい掛かるのかは予想がつかない。なので、自主的に締め切りは設けておいたほうがいい。

一週間以内に目処をつけよう。完成までじゃなくて、プレゼンまでの期限なのだから、これは決して無茶な制限時間ではないはずだ……、そんな大役を、ひとりで担わなければならないことが無茶なだけであって。

「……ん？」

違うな。ひとりじゃない。

この最後の任務を、わたしは、わたしひとりで成し遂げなければならないと決めつけていたけれど――そうでなければ美少年探偵団のメンバーたり得ないというような思い込みは、頭を冷やしてみると、その決意はなかなかの的外れだ。

お話にならないレベルである。

美少年探偵団の団則を思い出せ……、特に、団則その四を思い出せ。

『美しくあること』『少年であること』『探偵であること』――そして、『団であること』。

団体行動を重んじるグループに属しておきながら、こうして単独行動を取っている時点で、わたしは団員失格である。登録を抹消されてしまう。殊更最後の任務だなんて強調しなくとも、おのずとメンバーの資格は喪失しているようなものだ――しかし、にもかかわらず、団長の小五郎は、わたしの独断専行を許してくれた。

送り出してくれた。

つまり、それは取りも直さず、こうしてひとりでいても、わたしはひとりではないということだ――『美声のナガヒロ』、『美脚のヒョータ』、『美食のミチル』、『美術のソーサク』、そして『美学のマナブ』と共にある。

心は常に共にある。

ひとりでいても、団体行動はできる。

ひとりのときも、わたし達はチームだ。

こんなわかりきったことが、ここまで追い詰められないとわからないなんて……、この分じゃ団則その3も怪しいな。ならばいっちょやってみるか……、あえて変わったことをしようとせずに、美少年探偵団の一員として、いつも通りのことをすればいい。

いつもならどうしてる？

いつもならここで、メンバー全員が美術室に集まってアフタヌーンティーパーティー――もとい、会議を開催する場面である。リーダーに誉められ会議――それぞれの推理を持ち寄る場面である。

だから開こう。脳内美少年会議。

彼ら五人は、わたし達六人は、この難題にどう挑む？

13 『美声のマユミ』

幸いなことに、彼らの考えることなら大体わかる——理解できるとは言えないけれど、擬似的なシミュレートは可能だ。わたしは伊達に会議の席で、お茶を飲み続けてきたわけじゃない。

会議に出席し続けてきた、メンバーとして。

中でも一番その思考が予想しやすいのは、副団長である咲口長広——先輩くんである。あのロリコンは、ロリコンであるということを除けば、メンバー内では比較的常識人だし、曲がりなりにもわたしはかの生徒会長の正当な後継者なのである。目には目、歯には歯、生徒会長には生徒会長の理論でいくなら、加賀屋綺羅輝には咲口長広の案が、もっとも通じやすいかもしれない。

コネが利くほどには知り合いらしいので、採点が甘くなればという期待もないではないが……、まあ、所詮はシミュレートであり、本当に本人の案なわけではないので、その点は望み薄か。

ともあれ、『美声のナガヒロ』。

改め、『美声のマユミ』。

視覚的な刺激を『タブー』と考えるなら、聴覚に訴えるというのは、いかにもロリコンのやりそうなことである――事実、先の映画祭でも、彼はそれに類する奇策を用いていた。先輩くんの監督作品『暗闇の子供』は、ある意味、映画でありながら、サウンドオンリーで勝負していたと言っていい。

先見の明があったと言えば、いささか皮肉だが……。

もっともあれは、『視覚に訴えない』という方法で視覚に訴えていたわけで、やはり奇策である――他のメンバーが正統派の映画を撮っていたからこそ成立する裏技であり、荒技だった。

まさにチームプレイの産物なわけだが、今回はその手は使えない……、美術館全体の展示がすべて『暗闇の子供』じゃあ、ちょっと集客は望めまい。エキセントリックなトリックだ。わたし同様、先輩くんにも工夫が必要――じゃない、そうじゃなくて、逆に、余計な工夫をせず、普通に朗読劇をおこなえばいいのか？

真っ当に、まっすぐな朗読。

よく『自分が読みたいと思うような小説がなかったから、自分が書くしかないと思って小説家になった』みたいなインタビューの受け答えがあるけれど、そうやって書かれたはずの小説ほど、不思議と先駆者に出会いやすくなるものである——逆に『王道の小説を書きたかった』との惹句が付された小説のほうが、『なのに、なんでそうなっちゃったの？』みたいな内容であることも少なくない（不気味の谷か？）。

先輩くんの七色の声なら、それだけで芸術的なのだから、それだけで十分心地よい美術空間を演出できるだろう——ただ、これは先輩くん本人がここにいてこそ、実現できるアイディアである。

わたしはあくまで総合プロデューサーとして企画展示のアイディアを出すだけであって、それを実行するのはわたしでも、美少年探偵団のメンバーでもなく、アーチェリー女学院の生徒達なのだ。

彼女達である。

誰にでもできることを誰にもできないレベルで実現しているロリコンの発声を、今から身につけろというのは、ちょっと要求が高い……、声というのは生まれつきの要素も強いし、短期間とは言え、先輩くんから発声のトレーニングを受けたことのあるわたしに言わせれば、退廃の過程にあるアーチェリー女学院の生徒達が、あれに耐えられるとは思いにくい。

裸になるほうが簡単、とか、流されかねない……、『そう見えるように演じているからそう見えるだけで、裸芸っていうのは大変なんだよ』と苦労を説いて回るのも、本題からズレてくる。

そこじゃない。

厳しさを売りにするのがズルなら、お手軽さを売りにするのもズルなので、逆にシンプルさを追求するつもりはないにせよ——続けなければ意味のないハードトレーニングは、今回の目的にはそぐわない。

コーチもいないし。

クズしかいないし。

ということで、（仮想）先輩くんの音声展示案は一旦ペンディング……、しかし、チャレンジしてみると、このアプローチ自体は悪くなさそうだ。こんな調子で、他の四人の美少年も仮想しよう——仮想と言えば聞こえはいいけれど、実際は美少年で妄想して遊んでいるようなものだったりして。そんな余裕はないのに。

（注——この本から読み始めた奇特なかたのために一応釈明しておくと、ロリコンくんが先輩だというのは、もとい、先輩くんがロリコンだというのは、あくまでも周辺の関係者が揶揄して言っているだけである。本人不在のため、ここまで訂正する機会がなく、言っていてわたしもだんだん、彼が本当にロリコンみたいな気分になってきて、率直な嫌悪感を隠しきれなくなってきていたけれど、仮想でない先輩くんいわく『親が勝手に決めた婚約者が、たまたま小学生だっただけです』とのこと。さすがスピーチの名手、言い訳が上手だ）

14　『美脚のマユミ』

続いての仮想美少年は生足くん。

本名はなんだっけ？　忘れがちだ。加賀屋会長さまの本名より、先にそっちを聞いたほうがいいかな……、そうそう、生足利飆太だ。じゃなくて、足利飆太だ。美少年探偵団のマスコットキャラクターにして体育会系の彼ならば、私立アーチェリー女学院崩壊の危機に対し、どのような策を練り上げる？

アテにしてるぜ！

……勝手に仮想しておいてなんだが、正直なところ、あの子は策を練ってくれない気がする。

「え⁉　お嬢さまの肌が学校中に展示されるの⁉　高画質で⁉　大判で⁉　見たい見たい！　絶対行く、全速力で走る！　猛ダッシュだよ！　チケットどこで売ってるの⁉」

天使長のようにキュートな外観に反比例して、彼の内面はまあまあ俗っぽいのである——けれど、ここはひとつ、仲間として、団として、彼の倫理観を信用しよう。別に生足くんがサイテーというわけではなく、女子中学生の裸が所狭しと展示されている学校があったら、行きたがらない男子中学生はいないだろう……、ツアーが組まれてもおかしくない。下手なことを言えば、そんな美術館を設立しておいて来るなってどういうことだよと、暴動に繋がりかねないくらいである——それでも、生足くんは紳士だから、女子の操を守るための提案をしてくれるはずだ。

女子の操という考えかたが古いという仮想加賀屋会長さまからのご指摘も聞こえてくるけれど、そして生足くんが紳士らしさを発揮したシーンなんて、既刊に一行もなかった気がするけれど、その辺は企画展示のテーマに基づき無視をして——重ねてのご案内になりますが、陸上部のエースという顔（足）を持つ体育会系の生足くんだから、考えそうなのはやっぱり、いわゆる体験展示かな？　体験と言っても、いかがわしい意味での体験ではありませんよ？　参加型のアトラクション、という含意だ。

美術館のアスレチック化。

視覚を含む五感で鑑賞するのではなく、いわば五体で感じる——肌で感じるアートとプレゼンすれば、この企画案、それなりにセンセーショナルに響くはずである。女子中学生の肌を感じるのではなく、己の肌で感じる……、うーん、ちょっとうまく言えなかったけれど、方向性は間違っていないように思う。

アトラクションと言っても、別に体力が必須条件なわけじゃない——仮想先輩くんのプランが、先輩くんの美声を必要不可欠としたのとは違って、このプランなら、生足くんばりのフィジカルは不必要可欠だ。

第一、今の時代、美術品を見たければ写真や画集でいくらでも見られるのに、どうして人が美術館に通うのかと言えば、そりゃあもちろん実物の迫力、本物の魅力が理由なのだろうけれど、しかし案外いざ現地に足を伸ばしてみると、保護ケースやらガラスやらの反射だったり、他の来館者の頭だったりで、『実物』『本物』が思いの外よく見えなかったりもする——美術館に行って写真を撮って帰ってくるんだったら、最初からプロの技術で撮られた写真を見たほうがよくない？　という意地悪な突っ込みに対する反論は、だから、ただ作品を『見に』行っているんじゃなくて、『身に』まといに行っているんだというものになるのだろう——今度はうまく言えたかな？

美術館全体を、全身で感じる。

現代のパノラマ島にこわ子先生が建てた美術館のごとく。

……まあ、わたし自身が体育会系ではまったくないので、仮想生足くんのプランが、若干彼のイメージに反していることは認めざるを得ないけれど、結果まあまあのアイディアが出たのでよしとしよう。

むろん難点はある。すぐ気付く難点だ。

分不相応にも企画展示を一任されたわたしだけれど、しかし、美術館そのもの、つまり校舎や寮全体の改装までを、白紙委任されたわけではない……、と言うか、文化遺産に対して、もしも勝手にそんなことをしたら、胎教委員会どころではない、国家から怒られる羽目になる。

申しわけない限りだが、たとえ今世紀最大のクズ野郎と罵(ののし)られることになろうとも、アーチェリー女学院のために、そこまでの自己犠牲を払うつもりはない——なので、このまひとりブレストを継続する。

次は不良くんだ。仮想不良くん。

15 『美術のマユミ』

不良くんを仮想するなら、章題は『美食のマユミ』になるべきところだが、もう三人目だからと油断して軽はずみに妄想してみたところ、

「仮想仮想うるせえよ。お前は『仮想通貨にもリスクはあります。そう、銀行に日本円を貯金することもリスクであるのと同様にね』って注意書きかよ、はぐらかしやがって。そもそも仮想ってネーミングからして、もうはぐらかしにかかってんじゃねえか」

と、キツめの風刺を利かせてきたので、すごすご後回しにすることにした——わたしの中の不良くんのイメージが、仮想通貨で甚大な損害を被った番長であることはかなり深刻な問題だが、そんなわけで、先に天才児くんのことを妄想することにした。これが本当の現実逃避か。

妄想からも逃げる羽目になろうとは……、アイ・ウィル・ビー・バック。

天才児くん——指輪創作くんなら、水松木さんと違って本当に無口だから（なにせお坊ちゃんだから、下々の者と口を利くべきではないと考えているのかもしれない）、わたしの妄想の癖にわたしを攻撃してくるようなことはないはずだ。

贅沢を言えば、どこまでもわたしの妄想なのだから、わたしのことを『まゆ』呼ばわりすることなく、『眉美先輩』と、更に欲を言うなら『眉美先輩さま』と呼ばせたいものだけれど、残念ながら御曹司に対して、わたしはたとえ妄想の中であろうともそんな強くは出られない。

閑話休題、その名もまさしく『美術のソーサク』ならば、派手な視覚に頼らず、美術館をどうセンセーショナルに演出するだろう？

仮想生足くん案のときに考えたよう、ハコ自体に手を加えるのは反則手だとしても……、指輪学園の美術室を、ああもゴージャスに改装して、まるっきり違う空間にデコレーションしてみせた彼なら、どんな体験を来館者にもたらすだろう。

……不謹慎にも、少しわくわくしながら妄想をたくましくしたものの、あんまりうまくいかなかった。

ロリコンや生足くんのときのように運ばないのは、『若き天才芸術家の思考をトレースするのは難しいから』と言うより、たぶんわたしが、芸術家自身が美術館をプロデュースすることに、そこはかとない違和感を感じてしまったからだろう。

それって、漫画家が編集者を兼任するくらいの無茶なんじゃ……、できる人はできるだろうし、それを実際にやったアーティストも決して少なくないのだが、その行為が『美術のソーサク』っぽくないのは確かだ。

彼向きじゃない案件である。

おうちの事情で、制作した作品を仲間内でしか発表したがらない傾向のある天才児くんだから、その辺、同じ上流階級でも、いかにも自己顕示欲が強そうな（それが必ずしも悪いわけではない）加賀屋会長さまとは相容れないのだろう――わたしの中で、仮想天才児くんと仮想会長さまが喧嘩をする。

金持ち同士なのに喧嘩をする。

まあ、脳内ブレストという行為が矛盾を内包しているので、妄想がうまく働かない美少年もいるだろうとは思っていたけれど——しかし、参考にするために改めて振り返ってみると、天才児くんは実際のブレストでもほとんど喋らず、ただいるだけで、おしゃべりに参加しているとは言いにくいので、わたし以外の誰がやってもこんなものかもしれなかった。彼を本当に理解していると言えるのは、リーダーくらいのものだ。

先輩くんは子供好きだからで説明がつくとしても、どうして天才児くんがああもリーダーに忠実なのかは、ほとほと不思議である——きっと、シリーズが完結したあとに番外編があるに違いない。

それでも、無理矢理考えてみよう。

いやいや、リーダーと天才児くんのなれそめをイメージするんじゃなく、仮想天才児くんのプロデュース案を——そんなことしそうにないとは言っても、リーダーの命令だったら、彼はするだろう。

……………………………。

……………………………。

…………。…………ふむ。

ものは試しと、モノローグでも、天才児くんの真似をして黙ってみたら（できることは全部やる）、一案思いついた。案外と言うべきだろうか、文字通りの思いつきでしかないけれど……。

「ワークショップ」

我が内心に巣食う、仮想天才児くんはこう呟く。

「目ではなく手を使う」

内心の発言でありながら、ちょっと意味がわかりづらいが、ここは仮想先輩くんに再登場していただいて、後輩のお言葉を翻訳してもらおう——仮想先輩くんは、わたしの想像力の限り、もっともいい声で言う。

「たとえ失明して、絵画を鑑賞することができなくなっても、それでも人は絵画を描くことはできると、天才児くんは言いたいのでしょう」

先輩くんは天才児くんのことを天才児くんとは呼ばないけれど（ソーサクくんと呼ぶ）、なるほど、そういう意図か——我ながらひとり合点もいいところだが、でも、自らの手で物作りに勤しむ天才児くんなら、審美眼や鑑定眼よりも、手腕を重んじる気がするのだ。

だからこその『美術のソーサク』であり、もしもそんな彼が美術館を運営するならば、それはどこか、工房のような性格を帯びるんじゃないだろうか？　アーティストの生前の住まいが、そのまま美術館になるみたいなパターンだ――鑑賞という体験ではなく、その名の通り、創作という体験を提供する――作者の追体験というか、物作りの喜びをわかってもらいたいという気持ちが、天才児くんにあってくれれば（願望）……。

持って行きかたによっては、『ピカソみたいな絵なら、自分にだって描ける』というお客さんに、『じゃあ描いてみて』と絵の具と画布を手渡すような、そんな厄介な美術館になりそうだが、それはそれで興味深い。失明した人間に対して絵を描けというのも、同じか、それ以上にハードな要求な気もするが、天才児くんなら、わたしにそれくらいのことを言いそうだ――言ってくれそうだ。

あの寡黙なボンボンは、わたしを甘やかしたりはしない。

まゆ呼ばわりをやめたりしないくらい、それは確かだ。

……企画展示としての問題点は、仮想先輩くんのプロデュース案と似通っていて、そのワークショップをいったい誰が仕切るのかということだ。

運営サイドとなるアーチェリー女学院の生徒達が、お客さんをコーチングできるとはとても思えない……、要求が専門的かつ高度過ぎるし、また偏見だけど、そういうおもてなしみたいなことが得意なお嬢さま揃いだと信じられる理由がない。

もてなされる側だもんなあ。

仮想先輩くんのケースとの違いは、音響美術館企画ならば、最悪、わたしが折れて、ロリコンの実物を連れてくればどうにか成立するという抜け道があるけれど、ワークショップ美術館企画の場合、たとえ天才児くんを連れてきたところで、どうにもならないことが容易に予想できるからだ。

わたしの男装は天才児くんが作り上げた『作品』であって、基本的にわたしは、毎朝それを踏襲している——その意味では、わたしは先輩くんの後継者であると同時に、天才児くんの弟子だ。

愛弟子だ。

その愛弟子から一言言わせていただくと、彼は芸術家としては若くして一流でも、ものを（物作りを）教える才能はない。口伝どころか無口なんだから。地獄みたいなワークショップになる。

みんなが芸術家になればいいじゃんというざっくばらんな発想は、手腕を求める癖に、どこから手をつけていいかわからないくらい夢見がちである……、提供する作品が『自由』だというのは、束縛や規制を嫌う加賀屋会長さまの志と照らし合わせても理想的と言えそうだが、それが理想であるだけに、なかなか仮想や妄想の域を脱しない。

学校の中に学校を作るようなアイディアの中に、何らかのヒントはありそうだけれど、深みにはまっていくのはこの辺にして、一旦クールダウンしたほうがよさそうだ。ではいよいよ、びびって先送りしていた不良くんを、えいやとやっつけてしまおう。

16 『美食のマユミ』

いったいいつまで根暗なクズの妄想話に付き合わされるのかと不安になってきた皆さんに朗報である。脳内美少年会議は、この仮想不良くんのターンで終了だ。おやおや、おかしいぞ？　まだ肝心要のリーダーが、大トリに残っているじゃないか？　やだなあ、仮想天才児くんであれだけ苦労したわたしが、リーダー、双頭院学を仮想できるわけないじゃありませんか。

飽きたとか、我に返っちゃったとかじゃなく。

彼ら五人の言いそうことなら大体わかるという迂闊な予告を、ここで正式に撤回したい——できることは全部するけれど、できないものはできない。

大体、リーダーの意見を大トリに回したのが大トチリだった。あの天衣無縫の代名詞は会議において、なぜか前説を担当しがちなのだから——的外れなことを言って滑るのが業務みたいなものだ。その後みんなが忌憚なく意見を出しやすいよう、ボス自らハードルを下げるのが役割だった。

そうでないケースも……、先の映画祭のようなケースもないわけじゃないが、あれが大トリになったのはたまたまであり、そして、あの発想こそ、わたしの中からは絶対に出てこない。

それでいい。

仮想リーダーは、わたしの中にいてくれるだけでありがたい——どんと構えていてくれれば、それでいつも通りだ。なのでこの脳内美少年会議は、仮想不良くんで締める。

メインディッシュだ。

どうせあのキッチン番長は、料理こそ芸術だとか言うに違いないと簡単に結論づけかけたわたしだったけれど（頭を普段の六倍使っているせいで、頭が悪くなってきた）、しかし、『美食のミチル』は、会議においては一番正統派の、探偵っぽい発言をすることを、すんでのところで思い出した。

探偵であること。

むしろ料理に関してこそ、あの男子は『冷蔵庫に入ってるもんで適当に作った』みたいな感じで仕上げるものな……、元より不良くんは、美の追求者というタイプじゃないんだろう。

だからこそ、率直なアイディアが生まれる。

正統派——正攻法。

アーチェリー女学院の生徒達と違って、きちんとグレている番長ゆえに、元生徒会長の先輩くんとは表向き対立的な立場にいる不良くんだけれど、実は本当に常識的なのは、不良くんのほうなのかもしれない……、脳内美少年会議と言いつつ、結局はわたしがひとりで考えてるので、さっきからどうしても視点を変えたアイディアばかりを考えてしまっているけれど、不良くんなら迷える女子中学生に、真っ向から向き合うんじゃないだろうか（ここでいう迷える女子中学生とは、当然、わたしのことではない）。

自分達のヌード写真の展覧会を開こうと企画している女子がいたら、不良くんは一服盛ってでも止めるだろう——仮想不良くんに言わせれば、変な交換条件に持ち込んでしまったことが、わたしの最大のミスである。『真実か挑戦かゲーム』が、よく考えたら両方挑戦であることに気付けなかったくらいのミスだ。

だが、このままでは迷える女子中学生のみならず、クズの男装な女子中学生のヌード写真も展覧されてしまう。

助けて不良くん。

「いや、もうお前はいっぺん、痛い目を見たほうがいいんだって」

違う、これは実際に言われた台詞だ。天才児くんの描いたわたしのヌード絵画が、あわや美術館に展示されかけたときに。

そうじゃなくて、アイディアを頂戴。

説教は実物に聞くから。

「しょーがねーな。できねーことやろうとするから、行き詰まるんだろうが——持ち味を活かせよ」

持ち味？

ずんだ餅とか五平餅とか？

「その学校の女子陣もそうなんじゃねーの？ 新しいこと、目新しいことをしようとするあまりに迷走しちまってんだろ？ これまで培ってきたものを、どうして活かさないのか、俺にはそのほうがわかんねーよ」

わたしのお餅ジョークを無視したのは一生許さないが、仮想不良くんの言うことには、なるほど、説得力があった。

ここまでのプロデュース案の問題は——仮想美少年のアイディアのみならず、加賀屋会長さまのヌード写真展示案も含めて——センセーショナルを求めるあまりに、できそうもないプランばかりを立案していることだった。

ブレインストーミングとは元来そういう会議であって、できるできないの判断は後回しにする手順こそが正しいのだけれど、しかしただの妄想に終わらせないために、実現性にこだわるのも、それはそれで手順である。

冷蔵庫の中にない食材を求めるのではなく、あるものを組み合わせて献立を組み立てる——そんな、シェフの気まぐれランチみたいな企画展示だって、あっていいんじゃないだろうか？

そもそもお嬢さまなのである。

本来ならわたしのような庶民が影も踏めないような、時代が時代なら口をきくことも許されないような上流階級の子女が勢揃いしているのだ——わたしが彼女達を守ろうとか、助けようとか、そんなのはほとんど喜劇である。

おこがましい。

ここまでまるで、彼女達が何もできないみたいな言いかたを繰り返してきたけれど、お嬢さまならできること、お嬢さまにしかできないことというのは確かにある。

水松木さんの発言を受ける限り、決して全員ができるというわけじゃないのだろうけれど、たとえば舞踊や華道、書道や茶道と言った心得は、わたしを代表とするごく一般的な中学生には、まずないものだ（『わたしを代表とする』というくだりに眉を顰められたかたもおられるかもしれないが、そこはどうか読み流して欲しい。『まゆ』だけに、ではなく、一応わたしが指輪学園で、全校生徒を『代表』し、生徒会長を務めていることを思い出していただきたい）。

その他、これまでのアーチェリー女学院のありようの中で教えられ、身についてきた数々のスキルが、彼女達にはある——彼女達にとっては、それは旧態依然とした、古めかしい『おけいこ』だったかもしれないけれど、その取り柄をまったく活用しないのも、何か違わないか？

大和撫子とか言って、慎ましやかに育て上げられることに嫌気がさしたからと言って、みんなで足並みを揃えて男装するというのは、抗議活動としてはとても有効だし、冴えているとさえ言える——けれど、それを強要されることは、結局のところ、別種の規制になりかねない。

残業禁止というルールに対して『その分、早朝に出社すること』という解決策を閃いたようなものだ。

違うんだってば。

「俺に言わせりゃ、そもそもその『M計画』自体、矛盾を孕んでるんだよ」

あれ。まだ喋るの？　仮想不良くん。

言っておくけれど、『孕んでる』って言葉、アーチェリー語としては伝わらないよ？

『授かった』って言わないとね。

「矛盾を授かったってなんだ。じゃなくってよー、古い体制を嫌ってる割に、文化遺産だっつー校舎や女子寮は活かそうとしてんじゃねえか。本当に旧時代を嫌うんであれば、国家から怒られようがどうしようが、文化遺産を分解するべきなんじゃねーのか？」

文化遺産を分解？　駄洒落？

仮想不良くんならではの発言だ。本物の彼にそんなユーモア精神はない――スパイシーな風刺ばかりを利かせる彼には、そのくらいの余裕があって欲しいという、わたしの願いが率直に染み出してしまった形だが、言っていることはその通りである。

これを機会に暴露してしまうと、会長さま達の退廃の中には、そんなダブルスタンダートは他にもあった。

全員が制服を男装スタイルに切り替えるという改革は、『M計画』を除けばもっとも象徴的な旗印として紹介したけれど、あのとき、わたしが靴について触れていなかったという触れていなかった伏線にはお気付きだっただろうか。

靴はほとんどの女子がウイメンだった。

さりげなくアンケートを採ってみると『サイズの問題があるから』という正論が返ってきたのだけれど、『靴まではいいんじゃない？』という妥協がちらほら窺える。

ちなみに会長さまの靴、めっちゃお洒落。

ついでに言えば、アンダーウェアまで男装している女子は皆無である……、いえ、決してわたしがわたしの『よ過ぎる視力』を使って、勝手気ままに寮生のプライバシーを侵害したわけではなく、ほら、お風呂とかお洗濯とかで、それくらいのことは自然とわかっちゃうわけで。

でも、本当の本当に男装を徹底するなら、下着だって徹底するべきだ――天才児くんに靴をサイズぴったりにセルフメイドされ、サラシまで巻かされているわたしから見ると、詰めが甘いと言わざるを得ない。

文化遺産を分解か……、それができれば、生足くんの体験美術館プランを復活させることもできそうだが（文字通りのスクラップ・アンド・ビルドだ）、そんな余裕のユーモアで、まさかプロデュース案を決めるわけにはいかない。勝手に妄想しておいてなんだが、不良くんにそんな余裕は不要だな。

ふむ。

余裕はむしろ、アーチェリー女学院にこそあるべきなのかもしれない。

要するに、加賀屋生徒会長さまは、やることなすこと、なんだか攻撃的なのだ――にこやかなようでいて、ぴりぴりしている。ヌード写真展も、斬新さとか改革とか言うより、『脱げばいいんでしょ！』みたいな、やけになっちゃった自暴自棄みたいにも感じられるのだ。

ひと泡吹かせたい感を感じる。

わたしがこうして、用心深くあれこれ考えちゃうのも、『下手に論破したら当てつけに自殺されそう』という怖さがあるからという側面も否定できない。

退廃。精神の自殺。

『命を大切に』っていう倫理観すらも規制と捉えるのであれば、いよいよ規制の対義語が、自由ではなく退廃になる。

だけどそうじゃなくて。

自分の話ばかりで、引き出しが少なくって誠に申しわけないけれど、たとえばわたしはわたしの目が嫌いだった。眼鏡っ子みたいなカテゴリに入れられたら素直に気分を害していたし、ストレートに『綺麗な目だね』なんて誉められたら、ところ構わず激高していたくらいである――『こんな視力さえなければわたしの人生は違っていた』と信じていた。

失明するのを待つまでもなく。

自らえぐり取りたかったくらいだ。

今となっては、どうしてあんなに嫌いだったのかわからないくらいなのだけれど、苦手分野で勝負したくない以上に、得意分野で勝負したくないという心理は、ひょっとしたら思っているよりも一般的にあるものなのかもしれない……、それはただのないものねだりなのかもしれないけれど、『何かができる』ことを誇るよりも、『他のこともできる』ことを見せたくなる心理。

自分で選んだわけでもない長所や取り柄に、人生を左右されたくない気持ちは、わたしの視力でも、お嬢さまの高貴なる生まれでも、同じことなのかもしれない――わたしの場合、美少年探偵団に入り、『美観のマユミ』になることで、長所や取り柄を、美点として受け容れることができた。

つまり『M計画』に取り入れるべきなのは、その工程じゃないのか？　これまでの雁字搦めが嫌だったからと言って、すべてを捨てる必要はない。

話の持って行きかたを間違うと、仮想不良くんのアドバイスを額面通りに受け取って『じゃあ、文化遺産も分解しよう』と、極端から極端へ、そして更なる極端へと走りかねないけれど、そうじゃない。そうじゃなく、校舎や女子寮を残すように。

他にも残していいものはあるはずだ。

取捨選択――生み出すべきは矛盾ではなく、中庸。

アーティスティックであることと破壊的であることを、必ずしもイコールで結ぶ必要はないのだ……、まして、退廃的であることなど。

わたし自身、得るべき教訓の多いアプローチなので、らしくもなくやや多弁になってしまったけれど、ここまでが前置きである――仮想不良くん的にはそれが結論だろうが、加賀屋生徒会長さまと取引が成立している以上、わたしは『視覚的な刺激に頼らない』という個人的な条件もクリアしなければならない。

彼女達が既にこれまで習得している技術で、かつ、その条件を満たす芸術を、『M計画』に取り入れることができれば、それがベスト案というわけだ。

あるはずだ。

女子中学生のヌードに破滅的なくらいの価値があると思い込むのは、あながち事実に反するとも言えないし、胎教委員会の計らいもあって仕方ないとしても、それが彼女達の唯一の価値ということはないはずだ。

仮想ロリコンのいうところの音響美術館のようなアイディアを、アーチェリー女学院の内部から発案されるとしたら、である。つまりわたしが仮想加賀屋会長さまになって、ヌード写真美術館以外のプランを考えるとしたら——案外、彼女の求める斬新さは、『ヴィジュアライズに頼らない』という点で、十分に担保されている気もする。

ならば、それは単なる順序の問題だけれど、仮想先輩くんのプランの検討から仮想生足くんのプランの検討へ移行する前に、考えるべきアイディアがあったかもしれない——五感から五体へ移行する前に、別の感覚器官を取り上げてみてもよかったんじゃ？　『視覚』ではなく『聴覚』に訴えかける音響美術館を想定するなら、他に『味覚』『嗅覚』『触覚』に訴えるアイディアも、あってしかるべきだった。

『触覚』は、まあ、体験美術館に含めてしまっていいとして……、残念ながら現在の美少年探偵団のメンバーには、『美香（びこう）の誰それ』はいない。それに『美味（びみ）の誰それ』も——あれ？

『美食のミチル』が、誰それか？

一周して結論が元に戻りつつあることに驚きを禁じ得ないけれど、いや、待てよ待てよ、でも確かに、女体盛りみたいなあり得ない構想を提示されたことで、ついついその辺を掘り下げたくなくなっちゃって久しかったけれど、食に関してはこの学校、かなり卓抜しているところがあるよな？

お食事当番。

舞踊や茶道は、まあ授業だ。

『おけいこ』ごとであって、得意不得意もあるだろう……、それがあなた達のアイデンティティなんだよなんて知ったようなことを言うと、ここぞとばかりの反論を一身に浴びる危険がある。

だけど、食事は『おけいこ』じゃないし、『おつとめ』という名称も、それに限っては正確とは言えない——人間、食べなきゃ死んじゃうんだし。

古き良き時代の大和撫子として、堅苦しい価値観を押しつけられ続けたことにうんざりした加賀屋会長さまは、新しい時代の、強い女性像を求めている——女子の自立を掲げている。

しかしながら、食に関して言えば、彼女達はとっくに自立しているんじゃないか？　わたしとか、あるいは大人女子よりもずっと。食事の面倒をすべて自分で見ている女子中学生——朝五時に起きて、耕作から収穫から、すべて自分達でおこなう驚きの自給自足生活。

それは絶賛退廃中の今でも変わらない——和食中心の食生活は弾圧されたと言っても、ジャンクフードやB級グルメも、手作りなのだ——ラーメンだって麺（めん）から打っているし、お菓子も着色料不使用の、ヘルシー極まる手作りだ。

水松木さんは、あんな食事を続けていたら病気になると恐れていたけれど、現時点でもたぶん、彼女達は不良くんと出会う前までのわたしより、よっぽど健康的な食生活を送っている——まあ、それもずるずる行けば、いずれは恐れていた通りになるのだろうけれど。

特化しているし、突出している。

なので、不良くんの指導監督も必要ない——料理は芸術。

オッカムの剃刀ならぬ、オッカムの包丁と言ったところか——もちろん、これが完全無欠のプロデュース案じゃないことは心得ている。

彼女達がアーチェリー女子寮の『おつとめ』として、料理を芯まで叩き込まれているのは、おそらく男子厨房に入らずという古代思想に基づかれていて、だから『調理は女性の役割だとでも仰るのでございますこと？　現代は外食だって整っていると言いますのに、手料理にこだわりますの？』とアーチェリー語でお叱りを受けかねないわけだけれど、しかしそこは反々論が可能だ。整っているというその外食だって、誰かが作っていることを思い出してもらえばいい。実物の不良くんから聞いた話なので、わたしも詳細な統計データを持っているわけじゃないけれど、料理界というのは、中でも女性の進出が遅れている職場だそうだ——板前、シェフ、コック、調理師、呼びかたは何でもいいのだが、とにかく圧倒的に男性が多い。そういう意味では、整っていない。会長さまの志がただのプロパガンダの反抗期でないというのなら、クーデターの起こし甲斐のある場所こそ、厨房なのでは？

詭弁ではあるが、欺罔ではない。むしろ希望だ。

わたしは本当にひねくれ者なので、『不幸をバネに成長する』みたいな考えかたはあまり好きじゃあないのだけれど、しかし不幸を道具にするのはありだと思う——かつてアーチェリー女学院が彼女達に強要した主義に同意する必要はまったくなく、だけど身についた手技は、大いに利用したらよかろう。

殺人事件の凶器に使われることもある包丁に罪がないなら、強要されて身についた腕前にも罪はない——汚らわしいものみたいに、忌避しなくていい。和食一辺倒だったかつての『おつとめ』が、ここ最近の退廃で幅が広がったという考えかたをすれば、胎教委員会から受けた被害さえ、綺麗さっぱり美しく、なかったことにできる。

まあ、美術館のプロデュース案と言うより、レストランのプロデュース案になってしまった感は否めないが、世間知らずのお嬢さまが、世間ずれするためのアルバイトだと思えば、おもてなしも成立する。そう……学校なんだから、勉強もしなきゃね。

お客様は神様で、料理人はお嬢さま。

さしずめ文化祭の出し物のごとしだが、美術館を文化事業と捉えるなら、それもまたよし。『M計画』の『M』は、『MUSEUM』の『M』じゃなくて、『MEAL』の『M』――視覚に頼らない『ミール計画』。

見ないのにミールとは、これいかに。

17 プレゼンテーション

以上のようなことを、わたしは一週間かけて考えた――授業や『おつとめ』や『おけいこ』をこなしながら、あーでもないこーでもないと頭をひねり続け、締め切りぎりぎりに、ようやく結論に辿(たど)りついたわけだ。

と言うか、やべー今日が締め切りなのに何も思いつかねえ、締め切りを延ばすしかねえ、いいやどうせ自分で決めた締め切りだしと、半分投げ出しかけながら、その日、火曜日朝の『おつとめ』、つまり朝食当番を担当している最中に、仮想不良くんからの天啓を受けたわけだ。

ほっとすると同時に、ちょっと嬉しかったのは、仮想とは言え、不良くんのアイディアが、脳内美少年会議で採択されたことである――あの番長の、意外とまともなアイディアが採用されたことは、わたしが覚えている限り、これまで一度もなかったので、自分のことのように心躍った（自分で考えたんだから当然だ）。

身も蓋もないことを言ってしまうと、あれこれ思い悩んでいる地味な画を連続させるよりも、深夜にでも例の視聴覚室に忍び込んで、着々と準備される撮影機材を粉々に破壊するという案のほうが有効性は高かったかもしれない。他にも、『M計画』を止めたいだけなら、いくらでも手はあった——あんな風に対決姿勢を取らず、面従腹背、要請された通りに協力する振りをして、内側から企画を骨抜きにすることも、クズにはできたかもしれない。

だけどわたしは美しさにこだわった。美少年探偵団の団則にこだわった——規則に縛られることを選んだ。

メンバーだから。

というわけで、わたしは翌日の深夜に視聴覚室を襲撃するのではなく、一週間後の放課後に、生徒会室を再々訪した——ルームメイトの七夕さまを通してアポイントメントを取っていたので、あらかじめ人払いはなされていた。

前置きも世間話もなしで、わたしは加賀屋会長さまに、脳内美少年会議の結論をプレゼンした——否、結論だけではない、過程も紹介した。

ひとりだけど、ひとりじゃない。

正気を疑われたくはなかったので、仮想美少年会議を開いたことまでは明かさなかったが、この学校でわたしがひとりでしたことは、まるっきり、わたしひとりの手柄じゃない。

わたしはひとりでもチームだ。

「ふっ……、なるほど。はっきり申し上げまして、感嘆しましたわ。インスタ映えのためと言って、味よりも見た目のデザインばかりを重視しがちな昨今の料理界に、一石を投じる企画を展開しようというわけでございますね。料理は目で味わうものという伝統もありますが、しかしそれを言うなら、見た目にこだわらない料理がどれほど自由に解放されるのか、興味を隠しきれませんわ」

そこまでは思っていなかったが、思わぬ形で、仮想不良くんのミール計画は、加賀屋会長さまから評価を受けた。

インスタは知ってるんだ。

ひょっとするとこの人は単純に、写真が好きなのかもしれない……、女子中学生ヌードはともかく、本心から写真美術館をプランニングしていたのだとすれば、わたしの代替案は大きく的を外している。

評価されたことは、イコール合格ではない。誉めてから落とすつもりなのかも。突き落とすつもりなのかも。

「音響美術館にしても……、体験美術館にしても……、創作美術館にしても……、よくもまあ、そんなぽんぽんアイディアが出せるものですわ」

ぽんぽんと言われるほど簡単じゃなかったのだけれど、まあ、事実上六人いましたからね。

事実上と言うか、虚実上と言うか。

「それだけに残念でございますわ。わたくしの『M計画』が、そんなあなたさまの、理解を得られなかったことが」

「…………」

お。こりゃ雲行きが怪しいかな。

意外にも湧いてきたのは、暗雲が立ちこめて来たなら、『それはそれで』という気持ちだった――と言っても、『それはそれで仕方ない』、ではない。

『それはそれで嬉しい』だ。

根暗なクズにはありえないポジティブさだけれど、そのくらい、脳内美少年会議で生まれた企画展示案に自負があった――つまり、少なくとも『ミール計画』は、会長さま肝煎りのヌード写真展示に匹敵するセンセーショナルな代替案であって、リアリスティックに着地させたいだけの妥協案ではないという自負が。

これでノーと返されるのであれば、ちゃんとした信念だ……、視野が狭くなっているわけでも、近視眼的な思考に囚われているわけでもない。会長さまが胎教委員会に踊らされているだけの被害者じゃないのなら、わたしにできることはここまでだ——胎教委員会の思想を容認することはできそうもないけれど、しかし、そう、彼らがこの学校に残したすべての傷跡を、悪いものと断ずるのもまた違う。

主義は認められなくとも、手技は認める。

作り手の意図がどこにあろうと、あのグランプリ作品『裸の女王蜂』が、名作だったことは確かなのだから。

もちろん、そうなったら、それを恥と言い切った水松木さんや、彼女同様に会長さまにノーと言いたいアーチェリー生達を見捨てはしない。一応、この一週間の間に、寮内のサイレントマジョリティーは、リストに取りまとめている——わたしもそれくらいの仕事は並行した。逃がしてあげる手伝いはできるだろう。

うん、でも、『やれることは全部やったのだから、たとえ結果が伴わなくてもすっきりしている』というのも、また違うのだ——だって、そんな企画展示は一顧にも値しないと言われたら、そのときは、このアイディアを美術室に持ち帰って、指輪学園でおこなうという新しい楽しみが生まれるんだもの。

誤解を恐れずに言えば、すげなく却下して欲しいと思ってやがる自分もいるくらいだ——本物の美少年達がわたしの素案をたたき台にすれば、いったいどんなアイディアに育つのか、わくわくするじゃないか。

もちろん、成功しようが失敗しようが、これがわたしの、美少年探偵団のメンバーとしておこなう最後の任務であることに変わりはない。わたしの『M計画』は、指輪学園の生徒会長としておこなうプロデュースになるけれど……、それでもやる。やるったらやる。

美少年探偵団を辞めても、その志がわたしの中にあることはわかったから——強いて言うなら、それがわたしの考える、『美学のマナブ』、仮想の小五郎だ。

仮想リーダー。

彼もまた、わたしの中にいる。

考えることはわからないが、やることはわかる。あの小五郎は、プロデュースなんてしない。

やりたいことは全部やる——自分でやる。

ところで、もしも代替案を断られたら、わたしのヌード写真が大判でアーチェリー美術

館のフライヤーに使用されるという取引があったけれど、（次の一文は書籍に編纂すると
き、是非太字ゴシック体にしていただきたい）**あれは破っていい約束だ。**

繰り返す。

あれは破っていい約束だ。

「川池瀑布」

と。

間を置いてから、会長さまは言った——なんて言った？

「ですから、川池瀑布でございますわよ、川池瀑布——わたくしの戸籍名ですわ。幕府を開けるスケールの女であれと、名付けるときには、そんな進取的な意味合いがあったそうでございますわ——嫌なかたですのね。そんな風ににやけて、わたくしの敗北宣言を待つだなんて」

いえ、わたし、そんなつもりでにやけてたんじゃないんですけど——敗北宣言？ 降伏？ ああ、そう言えば、そんな約束もあった——わたしの代替案が却下された際にはわたしのヌード写真をフライヤーに使っていいけれど、わたしの代替案が認められた際には、あなたの本名を教えて欲しいと。会長さま的には、『加賀屋綺羅輝』のほうが、本名（真名）なのだろうけれど——川池？

どこかで聞いたことがあるような……？

「水松木知婆さまの戸籍名は鈴鹿銀香、七夕七星さまの戸籍名は美作まさかでございますことよ」

副会長と書記の本名の開示までは取り決めに含まれていなかったし、約束を破る気満々だったわたしを相手に、そこまで誠実を尽くす理由はないはずなのだが——しかし、会長さまは晴れやかだった。

肩の荷を降ろしたような顔で、

「本当に、本当に残念でございますわ。わたくしの『M計画』が、そんなあなたさまの、理解を得られなかったことが——そして、そんなあなたさまの『M計画』を、わたくしが理解できてしまうことが」

と言った。

そう言ってくれた。

「……あなたさまの器が、それだけ大きいってことですよ」

「嫌なかたですのね」

「クズと呼ばれています」

仲間とも呼ばれています。

18　エピローグ（1）

最優先がなんだったのか、というおはなしだったのだと思う――自分の最優先が相手の最優先と嚙み合わなかったときに、たとえ相手が正しいとわかっていても、納得できないものである。だから、観光客のマナー違反を指摘するというマナー違反を犯す観光客、みたいな、おかしな構造の対立が散見することになる――散見分立。

私立アーチェリー女学院にて密やかに進められていた『M計画』が、その後、どうなったのかを、ここに記すことはできない――その如何が問われることになるのは、いずれにしても来年度以降のことだ。

追放された『年老いた大人達』も、このまま黙って手を拱いているとはとても思えない……、スパイが他にも潜り込んでいる可能性も大いにあるし、取るに足らないわたしとのバトルなんて、かの名門校にとっては、これから起こるおおわらわな大騒動の、ほんの前哨戦でしかないだろう。

なので、

「ですが、瞳島さま。あなたさまのいわれるがままのプランを、わたくし達が実行するとはゆめゆめ勘違いなさらないでくださいまし。わたくし達にはわたくし達のやりかたがございますの――内覧会の招待状をお送りしますので、そのときは、目にものを見せてさしあげますわ」

ごきげんよう。

という、負けん気の強いお嬢さまの、敗北宣言を発した舌の根も乾かぬうちに放たれた宣戦布告を記して、アーチェリー女学院についての記述は幕を引こう。

またたく間に転校していくわたしを引き留めなかったということは、やはり元より、わたしの正体については、察しがついていたのかもしれない――どうしてそこまで思うかについては後述するとして、いずれにせよ美少年探偵団のメンバーとしておこなう最後の任務を終えたわたしは、指輪学園への帰路に着くことになった。

懐かしき我が家。

というほど、愛校精神の強いほうではないのだけれど……、そうそう、舌の根も乾かぬうちにと言えば、『美少年探偵団のメンバーとしておこなう最後の任務を終えたわたし』とは言ったものの、(今回はイタリック太字斜字体でお願いします、ミスターグーテンベルク)**あの約束も守らなくていい気がしてきた。**

落ち着いて。まあ聞いて欲しい。

わたしにブーイングは効かない。

元々わたしが退団を決意したのは、胎教委員会主催の映画祭がきっかけだった……、謹慎中のわたしが不在でも、いつもと変わらず、否、いつも以上のパフォーマンスを発揮して、それぞれの美点を発揮した映画を作ってみせた彼らの姿に、わたしは感極まって、落涙してしまったのだ。

わたしが美少年探偵団にいる意味も、理由も、見失ってしまった——ひとりの依頼人だった頃から変わらず、わたしは彼らにサポートされ通しだった。

お客さん扱いだったのだ。

だから最後は、ひとりで、誰の力も借りずに任務を達成したかった。美しく、少年のように、探偵をしたかった。

だけどへいへい、ちょっとちょっと。

ひとりで、誰の力も借りずに——と言いながら、ご笑覧いただいた通り、わたしは脳内美少年会議なる珍妙な方法を用いて、局面を打開した——『ひとりだけど、ひとりじゃない』なんてレトリックを駆使して、針の穴を切り抜けた。

そのことに後ろめたさはない。

美しく、少年のように、探偵をしたいなら、同時にわたしは、チームであらねばならなかったのだから――でも、それだったら、同じことが美少年側にも言えるんじゃないのかい？

わたしは確かに謹慎中で、彼らの映画製作に一切携わってはいない――だけど、製作チームに参加してないからと言って、必ずしもわたしがチームメイトじゃなかったわけじゃない。

クズ扱いこそされていても、わたしはお客さん扱いなんてされていなかった。わたしの頭の中に彼らがいたように、彼らの頭の中にも、わたしは確かに、いたんじゃないだろうか？

頭の中に――心の中に。

チームの中に。

それでできあがったのがあれら五本の映画だったなら、わたしが手前勝手に抱いた劣等感や絶望感なんて、てんで要領を得ていない。

あのとき落とした涙を今から拾いにいきたいくらいの思い違いである。自分で自分に嫉妬していたみたいなものだ。彼らの作ったそれぞれの映画から、わたしを感じ取れないなんて馬鹿げている――それが見えずして、何が『美観のマユミ』であるか。

たとえひとりじゃなにもできなくても、ひとりじゃないんだから、別にいいじゃないか

――ひとりになんて、してもらえないんだから。

まあ、そうは言っても、わたしの両目が光を失うという事実のほうは揺らぎなく、その現実を直視しないわけにはいかないのだけれど、今すぐ、早急にメンバーから脱退しなければならない理由を、わたしは見失ってしまった。

今回の任務で視力を使い切ると言うこともなかった――わたしのしたことは、近々失明するという己の病状を、卑劣にも掛け引きに利用しただけのことであり、作り直した眼鏡を外さなければならないような苦境はなかった。

そんな苦境があるとすれば……、それは、たぶんこの先にある。

あの約束は破っていい――あの約束は破らなければならない。

ならば、まだ辞められない。

というわけで、期せずして『視覚に頼らない美』という概念についてあれこれ考察できたのは収穫だった――これからのわたしに、必要な概念になるに違いない。

これまで通り、いつも通りに、メンバーであり続けるために。

そんな感じで調子よく、鼻歌交じりで指輪学園に戻ったわたしは、そのまま美少年探偵団の事務所である美術室へと、いそいそ足を運んだのだけれど――その中に美少年は不在だった。

いや、そんな珍しいことじゃない。それぞれ『表』の活動も忙しい連中だし、リーダーに至っては初等部の生徒なのだから。なので、招集もかかっていないのに全員集合することのほうが珍しいくらいで――ひとりもいないことも、わたしの帰還を祝うサプライズパーティーが開かれていないことも、それは、それだけなら不思議じゃないのだけれど――でも。

内装が一掃されているとなれば話は別だ。

西洋風に、ゴージャスにアレンジされていたはずの探偵事務所は――シャンデリアもなく、豪奢なソファも、重厚なテーブルも、天蓋付きのベッドも、本物もかくやという彫刻も、古めかしいグランドファーザークロックも、毛足の長い絨毯も――みんなで描いたあの天井絵も、綺麗さっぱり、美しいまでに、すべてなくなっていた。

美術室は、ごく当たり前の美術室へと変貌を遂げていた――回帰していた。

その上で、いない。

いない。

わたしの中にいる五人の美少年が、ここにはひとりもいない。

「……あれ?」

わたしの目に……、見えていないだけ?

19　エピローグ（2）

川池という名字をいったいどこで聞いたのだったかは、とうとう思い出せずじまいだったけれど、あのとき同時に聞いた、副会長さまと書記さまの本名について、思い当たったことがあった、それぞれに。

「水松木知婆さまの戸籍名は鈴鹿銀香、七夕七星さまの戸籍名は美作まさかでございますことよ」

知婆という、おばあちゃんの知恵袋みたいな名前を、彼女はどういう由来で自ら名乗ったのだろうとひそかに疑問に思っていたのだけれど、本名の『銀香』を聞いて納得いった——つまり、『知婆』は『シルバー』だったわけだ。それを基準にこじつけると、『水松木』も、『銀香』→『銀河』で、『ミルキー』→『ミルキーウェイ』→『天の川』なのかもしれない……、まあ、名字のほうは牽強付会（けんきょうふかい）が過ぎるけれど、本名をベースとしたその名乗りかたから見ても、水松木さんが改革反対派だったことは察せられたわけだ。本名を知らなければ、解き明かしようのない伏線だったとは言え……。

で、七夕さまの本名『美作まさか』のほうなんだけれど……、会長さまの本名とは打って変わって、わたしは『美作』という名前を、別のところで見た覚えがあったのである。どうして副会長と書記の本名まで明かしてくれたのかが不思議だったけれど、ひょっとすると、加賀屋会長さまは、わざと、そうしてくれたのかもしれない。今となってはそう思う。だからこその、目口じびかについて教えてくれるよりも、よっぽどためになる『ことのついで』である。

美作――それは美少年探偵団が前回参加した映画祭の、公募書類の中にあった、主催者の名前だった。

『胎教委員会　不名誉委員長　美作美作（みまさかびさく）』

わたしが一週間、寝食を共に過ごしたルームメイトと、胎教委員会の首領の名字が一致することが、果たして何を意味するのか――わたしが不在の間に、美少年探偵団に何が起こったのか。

わたしがそれを知るために、来年度を待つ必要はない。

（『美少年蜥蜴（とかげ）』に続く）

審美試験

■■

事件が起きたとき、あるいは事件を起こしたとき——後者の比率が高いことは言うまでもないとして——わたし達、美少年探偵団がいったいどのように活動するか、その生態を、ここまで永きにわたってお送りしてきたけれど、それでは、受動的にも能動的にも事件がないとき、わたし達がどのように放課後を過ごしているのかについて興味のあるかたも、地球上に五人くらいはいるかもしれない。五人ではまだメンバーの数のほうが多いわけだけれど、そんなことで挫(くじ)けるような繊細なハートを、語(かた)り部(べ)のわたしは持ち合わせていないので、どうぞご心配なく。

以下の一例は、美術室がまだ豪華絢爛(ごうかけんらん)で、わたしの『よ過ぎる視力』も、そこまで過剰ではなかった頃の過ごしかたである。

まず、不良くん——二年A組袋井満(ふくろいみちる)くんが、テーブルを囲むメンバー全員に、紅茶を給仕した。生足くん、先輩くん、天才児くん、リーダー——わたしの前にだけティーカップを置かないような意地悪はしない。そしてテーブルの中央にお茶菓子を置く。鳥籠(とりかご)みたいなデザインの三段皿のティースタンドで、一段目にスコーンがバターとジャムと共に、二段目に星型にカットされたサンドイッチが、三段目にはマカロンとチョコレートがセットされている――美術室の内装にはぴったりだけれど、実は意外とレアな、本格的なアフタヌーンティーの準備である。

いや、お茶会を優雅に楽しんでいる我々というわけではなく、これはあくまで下準備である。不良くんの手料理は、美少年探偵団がどういう状況の場合でも提供される。

「また吐き出すんじゃねーぞ、眉美。お前の嘔吐物を清掃するのは、もううんざりなんだよ。俺の通り名を『払拭のミチル』にするつもりかよ」

……毒舌も提供される。

不良くんの作った食事が美味し過ぎて、わたしがとても呑み込めずに吐き出してしまうというのも美術室の風物詩なのだが……、『払拭のミチル』って。あたかもわたしの不祥事を始末しているみたいに言わないで欲しいな。最近はさすがにわたしの胃も慣れてきて、反芻する回数も半数くらいになってきたのに。

「では始めようか！　今日の出題者はミチルだな！　楽しみにしているぞ、お前がどんな美しい謎をもたらしてくれるのか！」

小五郎（小学五年生）の元気な号令で、景気よくスタートするのは、言ってしまえば『犯人当て』である――ほらほら、大学のミステリ研究会とかで開かれるあれだ。

まあ、わたしは大学のミステリ研究会の実物を知らない女子中学生なので、イメージと言うか、それこそミステリー小説内の知識でものを語ってしまっているけれど、メンバーが持ち回りで『問題編』を発表し、それに対する『謎解き』を、他のメンバーが順番におこなうという遊びである。

高度な頭脳戦――とは、まあ違う。

探偵ごっこと言われてしまえばそれまでだけれど、しかし、美少年探偵団が探偵ごっこに興じるのは、むしろ一番、らしいことをしていると言えるんじゃないか？

事件がないときに、もっともそれっぽい活動をしているというのは、団(チーム)として問題がある気もするけれど――けれど、遊びこそ真剣におこなうのがわたし達である。真剣に出題し、真剣に解答する。

こういうノリが決して得意とは思えない不良くんも、給仕を終えてどっかりと自分の席に座り、

「これは本当にあった話なんだけどよ――」

と、ぶっきらぼうにも、決まり文句から口火を切る。

犯人当てなのに怪談っぽいのはご愛敬(あいきょう)だ。

愛嬌(あいきょう)のない不良くんの顔のほうが、怪談よりもよっぽど恐(こわ)いし。

■■

「眉美が殺されたんだよ。

「つまり、容疑者は世界中の全員だな。すべての人類に動機があると断じてまず間違いないわけだ。

「……本気で傷ついたみたいなツラするなよ。青ざめ過ぎだろ、青鮫（あおざめ）かよ。お前、どれだけ俺に好かれてると思ってたんだよ。

「仕方ないだろ、本当にあった話なんだから……、俺は事実をありのままに語っているんだ。ちょうど、こんな風にメンバー全員で、テーブルを囲んで、茶をしばいているさなかの出来事だった。

「アフタヌーンティーパーティーのまっただ中、いきなりお前が、って言われるのが嫌だったら、仮称M美が、食べかけていた茶菓子を盛大に吐き出して、テーブルに突っ伏したわけだ。

「性格と同じだ。

「もう手遅れだった、M美は。

「M美のほうが嫌だってそんなに言うなら戻すけど、毒殺だった口角泡を飛ばすお前は、口から泡を吹いて死んだ。茶菓子の中に一服盛られていたんだ。

「いや、茶菓子とは限らねえな。

「紅茶だったかもしれねーし、ティーカップに毒が塗られていたのかもしれねえ——ともかく、毒殺だ。

「瞳島(どうじま)眉美は死んだ。

「世界が少し平和になった。

「が、ここは法治国家だ、美術室って言ったって、無法地帯じゃない。眉美を殺した犯人を突き止めなきゃならねえ。

「容疑者は、さっき言った通り、世界中の全人類、犬猫まで含めて考えるなら、その数十倍に昇るわけだが、さすがにキリがないから、登場人物はティーパーティーの同席者の五人に限ろうぜ。それくらいの融通は利かさなきゃな。

「いや、眉美。犬猫もお前を殺そうとは思ってるよ。動物から向けられる殺意の視線に気付けよ、『美観のマユミ』なんだから。

「『美声のナガヒロ』こと咲口長広(さきぐちながひろ)。

「『美術のソーサク』こと指輪創作(ゆびわそうさく)。

「『美脚のヒョータ』こと足利飆太。

「『美学のマナブ』こと双頭院学。

「『美食のミチル』こと袋井満に至っては、最有力の容疑者だ――ティーパーティーをセッティングしたのはこいつだし、不良くんなんていうなめた呼ばれかたをされていることについて、普段から強い恨みを抱いていた。積み重なった鬱積が、ついに爆発したのかもしれねえ。

「だが、鬱積に関しては、他のメンバーも条件は同じだ――眉美の傍若無人な振る舞いについて、みんな日頃から腹に据えかねていた。なので、天誅とも言えるこの殺人事件に関する疑問点はひとつ。

「殺されたのは不思議じゃない――いったいどうやって、犯人がピンポイントで眉美を殺したかが不思議なんだ。

「紅茶は同じティーポットから注がれたものだし、茶菓子についても、見ての通り、同じティースタンドの三段皿から、おのおのが摘まむ形式だ。ティーカップに関しても、誰がどれを使うなんて決まってるわけじゃないし、席順も任意だ、誰がどこに座るかなんて決まってない。

「そんな曖昧な条件の中、どうやって犯人は、諸悪の根源にしてクズの権化、瞳島眉美を

「それが問題だ——問題編だ」

退治してのけたのか？

■■

「ふうむ。生半可なリアリティ番組よりリアリティのあるおはなしでしたね。これぞドキュメンタリィ。私もトーク力には自信がありましたが、気が付いたら聞き入っていました。やはり本物の迫力には敵いません」

「おいロリコン」

「はっ！　眉美さん、死んだはずでは！」

やかましいわ。小芝居を挟むな。

発声がいいから、今のほうが舞台かと思ったわ。

作中作だと思わせて、現実のほうが創作だったパターンか。

「眉美ちゃんを殺した犯人を突き止めたくないっていう気持ちが生まれちゃっているほうが問題かもね。眉美ちゃんを殺した犯人が裁かれるような世界がいいのか、それとも無法地帯のほうがいいのか。人権意識が測られるジレンマだよ。迷うところだね」

迷うな、生足くん。

きみは味方だと思っていたよ。

「そのご自慢の生足を切断するわよ」

「こわっ。既に無法地帯だったなんて」

なんとでも。

そういう軽いおふざけがいじめに繋がっていくんだということを、わたしは先輩として教育したい。

「自殺。まゆが自ら服毒したという可能性」

普通に喋ってんじゃねえよ、天才児くん。

フライング気味に、わたしが自殺した可能性に乗り気過ぎだろ——貴様、なんでここを『まゆ』どころだと判断した？

「はっはっは、素晴らしい。実に美しい謎だった、問題だけで百点満点だ！」

リーダー、なんでも誉めないで。たまにはちゃんと窘めたほうがいい。

その方針では人は育たん（わたしも含め）。

「じゃあ、ここからは質問を受け付けるぜ。何か聞きたいことはあるか？」

あるよ。なぜわたしを被害者役に選んだ。

……まあ、リーダーを選ぶわけがないし、ロリコンを選んだらマジで喧嘩になるし、たとえ生意気だろうとどれだけ無口だろうと、年下の一年生を被害者に選ぶような不良くんではないか。

わたしを被害者役に設定したのは、信頼の表れだと受け取っておいてあげよう——もぐもぐ。

「ちなみに、ソーサクのフライングに答えておくと、自殺の可能性は当然、考えるべきだ。ただしその場合、どのタイミングで、どうやって同席者にバレないように毒を呑んだのかを、解答してもらおうか」

語り終えてプレッシャーから解放されたのか、不良くんはくつろいだように質疑応答に臨む——くそう、変な質問をして困らせてやりたい。逆にどんな質問があると思う？　とか。本当はわたしのこと好きなんでしょ？　とか。

……辛辣な答が返ってきそうだ。

想像しただけで口の中が辛くなってきたので、わたしは砂糖をたっぷり溶かしてから、紅茶を飲んだ。ごくごく。

「ミチルくん。席順は決まっているわけじゃないと説明されていましたが、具体的にはどういう席順だったのですか？」

お前も乗り気だな、ロリコン。

本編でさんざんロリコン呼ばわりしたことを、時系列を無視して恨んでいるのだろうか……、だとすれば動機は十分だ。

ショートショートでも呼ばわり続けるけど。

「んー。まあ、じゃあ、今とおんなじでいいや」

不良くんはちょっと考えて、先輩くんからの質問にそう答えた――その答えかたからすると、そこは別にどうでもいい細部なのかもしれない。神が宿りそうにもない細部。

ちなみに、その『現在の席順』は、リーダーを十二時の位置として、そのリーダーから見た左隣に不良くん、その左隣に天才児くん、その左隣にわたし、その左隣に先輩くんである――いつもこの席順というわけじゃなく、空いている席から、美術室に来た順番に、適当に腰掛けた自由席である。

まあ、あえて考えるなら、被害者であるわたしの、両隣に座るふたりなら、バレないように毒を仕込むタイミングを計りやすいかもしれないか――つまりこの場合、天才児くんと先輩くんの容疑が増したということになる。ふたりとも利き手が右なら、左隣の先輩くんのほうが、わたしの飲食物に毒を仕込みやすいということになるのかな？　でも、天才児くんは両利きのイメージが……。

「他の五人、つまりボク達には、毒の症状が現れたりはしてないの？　死にはしないまでも、同じ毒を食べるか飲むかしちゃってた人は」

「いない。死んだのも苦しんだのも眉美だけだ。俺達は元気で最高だ」

「わたしと付き合ってるって噂を学校中に流してやろうか、不良くんよ」

「じゃあ、紅茶や茶菓子、全部に毒が仕込まれてたって線はないわけか——な？」

誘導尋問みたいな小賢しい質問をする生足くんである……、可愛い顔をして、やることは結構わたし側の生足くんだ。わたしとの差は可愛いかどうかだけ……。

「たとえそうだったとしても、死んだのも苦しんだのも眉美だけだ」

引っかからず、同じ解答を繰り返す不良くん。

あまり繰り返して欲しい解答じゃないけれど……、ただ、もしそうだったとしたら、事件発覚後の現場検証で、わかりそうなものだな。食べ残された茶菓子の中から毒物が発見されたら——

「ああ、現場検証とか鑑識とか、そういうのはなし。公的な捜査機関は、この世界観には存在しねえ」

無法地帯じゃねえか。

問題をシンプルにするための措置なのだろうけれど、急に設定がファンタジーになった。

「はっはっは！　公的な捜査機関が存在することがファンタジーになるよりは、よっぽどいいではないかね！」

リーダーが意外と含蓄のあることを言ってみせて（不良くんが言っていたら風刺になっていたところだ）、

「それに、だからこそ我々のような志ある自警団、美少年探偵団がいるのだしね！」

と喝破した——自警団のひとりが殺されて、自警団の中に犯人がいるみたいなんですけれど。

その後もいくつか、解答者からの質問があったけれど、総じて、『あまり細かいことは考えなくていい』というのが、不良くんのスタンスのようだった。リーダーが取ったその行動を見た先輩くんが、こういう風に考えたと生足くんには予測できるはずなのに、天才児くんがその仮定に基づいた行動を取っていないということは——みたいな、論理パズルのような推理は、つまり、しなくてもいいのだろう。

解答編はもっとシンプルだ。

「まあ不良くんのおつむでそんな複雑なことを考えられるわけがないもんね」

「そういうこと言ってるから殺されたんだよ、お前は」

「わたしのことを、まだ自分が殺されたことに気付いていないだけの幽霊みたいな扱いをしないで。やれやれ、参ったわ。まさか、自分が死んだ事件の捜査をすることになるなんてね」

「そんないい扱いじゃねえ。端役も端役だ。誰がやっても同じ仕事だよ」

「誰がやっても同じ仕事だからと言って、誰にでもできるとは限らないんだよ？　誰かがやったら同じ以下ということはあるかもしれない」

ところで、この設問において被害者役に、つまり死体役のわたしにだけれど、解答権ってあるのかしら？

■■

というわけで解答編です。

真っ当な推理小説なら『読者への挑戦』を挟みたいところだけれど、これはあくまでも美少年探偵団の身内のノリなので――マカロンでも摘まみながら、ご清聴いただければ幸甚なり。もぐもぐ。

「毒物はティーカップに塗られたと考えるのが妥当でしょうね。お茶菓子や紅茶そのものは共用であり、シェアされている以上、選択権は眉美さんにしかありませんが、ティーカップに関しては違います。席を選んだのは眉美さんでも、どのティーカップを誰に配膳するかは、給仕を務めた不良くんの自由だったのですから」

「お前が俺を不良くんって呼んでんじゃねえ」

『美声のナガヒロ』と『美食のミチル』が、久々にぴりぴりした——わたしが勝手につけたニックネームが原因で。

「ん。つまり俺が犯人だって言いたいのか?」

「そうですとも。カップの位置をコントロールできるのは、この席でもそうだったように、いつもそうであるように、私達全員分のカップを配ったギャルソンのあなただけなのですから」

なるほど。

ひょっとしたら、ただの悪意や悪趣味でわたしを被害者役に設定したのかと思ったけれど、『犯人当て』の登場人物が美少年探偵団の面々だったことには、歴とした理由があったわけだ。

語らずして、配膳係が割れている。行間に書かれている——『ティーカップを配ったのは「美食のミチル」に決まってるでしょ』という味のある演出だったかもしれないけれど、しかしながら、その演出のせいで、先輩くんの解答の正当性が怪しくなる。

「その場合、毒はキッチン（美術準備室）で仕込むことになるわよね、先輩くん？　でも、ティーカップはセットもので、六つそれぞれに区別がつくわけないじゃない。カップをトレイに置いて、テーブルまで運んでくる間に、どのカップに毒を塗ったか、わからなくなっちゃうんじゃない？」

「お前は俺をどれだけの馬鹿だと思ってやがるんだ？」

不良くんに記憶力はないはずと言いたいわけではなく……、これが推理小説だったなら、『どのカップに毒を塗ったか、まぎれてわからなくなりました』なんて噴飯物だけれど、現実の事件——本当に起こった事件として考えるなら、それは十分にありえる程度の『ありえない』だ。

同一デザインのティーカップに、被害者——わたし——つまり、『美観のマユミ』にわからないように毒物を塗布するのだ。

外観で区別はつかない。

ちょっと目を離したり、配膳時に誰かに話し掛けられただけでも、『毒を塗ったのはどのカップだっけ？』となる恐れがある。

間違えたでは済まない。

他のメンバーに配ってしまいかねないだけでなく、最悪、六分の一の確率で、毒塗の器を、自分で自分の席に設置することになる……、その可能性に思い至れば、ティーカップに毒を塗って配るというのは、賢いやりかただとは思えない。

「そう、不良くんみたいに賢い男の子なら、不用意にティーカップに毒を塗ったりしないって意味だよ」

「先輩くんより口がうまくなってんじゃねえか」

「私はミチルくんからも、先輩くんと呼んでもらって、一向に構いませんよ」

「ロリコンくん」

「ロリコンくんと呼んでもらって一向に構いませんよとは言ってませんよ、ヒョータくん。大いに構います。ロリコンではありません。親が勝手に決めた婚約者が、たまたま小学生だっただけです」

では、次のかたどうぞ。

と、先輩くんはティーカップを手に取った……、次のかたに回したということは、自分の解答を正解として押し通すつもりはないようだ。楽しむべき放課後の遊びなので、ムキになることなく、自分の役割を演じているという感じなのだろう——そうでなければ、あんな推理を提出したあとで、ティーカップは手に取れないよね。

もぐもぐもぐ。

■■

「標的が眉美ちゃんだっていうのが、既に先入観なんでしょ？　確かに、眉美ちゃんのクズさに対して、殺したいくらいむかついたことは、ボクにだってあるけれど」

「え、そんなことあるの……？　何気に一番ショックなんだけど……、生足くん、わたしのパンツ見ない？」

「でも、その殺人事件に限って言えば、眉美ちゃんを殺そうとして起こされたものじゃないかもしれないじゃない。標的はボクだったのかも、ナガヒロだったのかも、ソーサクだったのかも、ミチルだったのかもしれない」

リーダーだったかもしれない、と言わないあたり、生足くんもしっかり美少年探偵団のメンバーである……、リーダーに対する忠誠心が厚過ぎる。組織としてはアンバランスなくらいに。

「誰でもよかったのかもしれない。いわゆる無差別殺人だよね。犯人は、とにかく誰かを殺せればよかったってことじゃないの？」

あっけらかんと言っているから、頭の柔らかい年下の子の逆転の発想を見せてもらったみたいな印象になっているけれど、すげー恐いこと言ってるな……、無邪気な子供の残酷さを見せられている。

「なるほどな。ぶっちゃけた話、俺が用意した答とは違うけど、それは『犯人が眉美を狙った』って地の文で明言してなかった俺のミスとして……、でも、これは『犯人当て』だぜ、ヒョータ。その場合、殺人犯——無差別殺人犯は誰になるんだ？」

「あ。そこまでは考えてなかったや」

無邪気だな。

もしも被害者は誰でもよかったのだとしても、その仮定が犯人の特定に結びつくことはない——犯人が美少年探偵団のメンバー内にいるなら、水屋に保管されているティーカップやシュガーポットにあらかじめ、前日とか当日の朝とかに仕掛けを打つことは容易なわけだし。その場でわたしを狙い澄ましてテーブルマジックを仕掛けなくてよくなった分、不良くんを犯人とした先輩くんの推理よりも、容疑者は広がったと言える。

そして、そう思ったとき、無邪気じゃないわたしは、他のあらも見つけられた——『美観』をこんな風に使うのは本意ではないけれど。

「それだとやっぱり、自分が死ぬ可能性も、六分の一、あることになるよね？　いくら無差別で、誰でもよくっても、自分が死ぬかもしれないようなトリックは打たないいんじゃない？」

「そういうのを嬉しそうに指摘するところだよ、眉美ちゃん」

眉美ちゃんのパンツは見ない。

と、生足くんは拗ねたように言った――すげえこと言われたな。

まあ、更に可能性を突き詰めるなら、『犯人は自暴自棄で、自分が死んでもいいと思っていた』とか、『あらかじめ解毒剤を飲んでいた』とか、『つまり、犯人は外部の者である』とか、考えられるフォローはいくらでも思いつくけれど、生足くんも先輩くんと同じで、そこまでするつもりはないらしい。

自説の固持は美しくない。ある意味、引き際で人間が試されている――審美試験か。

次の解答者は天才児くんだった――もぐもぐ。

■■

天才児くんの解答は、本日分の発言を既に終えていたからなのか、先輩くんが代弁することとなった――いい声で、ではなく、天才児くんの声真似で。

腹話術みたい。

美声の技をそんなことに使うなよと思ったけれど、しかし考えてみれば声帯模写は、こんなことくらいにしか平和利用できない技なのかもしれない。

それによると、フライング発言の時点から御曹子の意見は変わっていないようで、

「『自殺』」

だそうだ。

ブレねえ。そんなにわたしを自殺に追い込みたいのか、この芸術家は……、わたしのデスマスクを採りたいとか考えているのだろうか。

「もしそれが答なら、さっきの質問に対する答も用意してあるんだろうな？　眉美がどのタイミングで、同席者の誰にもバレないように服毒したのか」

「そうよね。わたしは常にみんなに注目されているスターなんだから、迂闊な動きはできないはずだわ」

「お前が変なことをしないように、常に見張られているのは確かだ」

わたし、見張られてるの？　もしかして、常に監視しておきたいって理由で、わたしは入団を許可されたのだろうか……、いつの間にわたしはそんな、少年漫画のトリックスター的な立ち位置に……。

「こいつは俺達の食事に毒を入れるかもしれないって理由で見張られている」

「そりゃ死にたくなるわよ、そんな状況」

いや、設問からして自殺の動機はどうでもいいのだ。

天才児くんの推理では、衆人環視の中で自殺する理由もまた、まあ考えなくていいところかな？　死ぬならひとりで死ねよという言葉を、自分に掛けたくないというのもあるけれど、それを言い出したら『犯人当て』を含むミステリーなんて、『なんでそんなごちゃごちゃややこしいことするの？　普通に山に埋めたほうが……』みたいなトリックばかりなのだから。

強いて言うなら、自殺だとわからないように死んで、誰かに殺人罪をかぶしてやれという、わたしの無差別なクズさが、そこにはあったのかもしれない――なのでそこは一旦脇に置くとして、自殺の手段は？

「それについて、ソーサクくんはこう言っています。『毒はテーブルの上にはなかった。まゆの口の中にあったんだ』」

先輩くんが神の代弁者みたいになっている……、謎めいた言いかたもそれっぽいし。口の中？

「あー、わかった。眉美ちゃんが、奥歯に仕込まれていた青酸カリを、お茶を飲むときとかに、そっと嚙み砕いたんだ」

「奥歯に青酸カリって。生足くん、わたしはスパイか何かなの?」

まさか数ヵ月後、自分が私立女子校への潜入調査をおこなうことになるとは夢にも思っていない、瞳島さんの発言である。

けれど、まあ、そういうことだ。

わたしが犯人の場合に限り、毒物は卓上になくてもいい——一回、テーブル上の食べ物や飲み物を経由させなければならないというのは思い込みだ。

奥歯に仕込むという方法はいささか芝居がかっているけれど、カプセルやオブラートに包んだ毒物を、リスみたいにほっぺに溜め込んでおけば、いつでも、自分のタイミングで死ねる。

お、これは正解が出ちゃったんじゃや? この場合、正解者を天才児くんにするのか、ロリコンにするのかのジャッジが難しいけれど——けれど、出題者の不良くんが何か言う前に、

「それはないな」

と、リーダーが言った。

「考えるべきだという問題だったので、僕もその可能性についてきちんと考えてみた。そ

の上で出た僕の結論は、眉美くんは自殺など絶対にしない、だ」

突っ伏した。テーブルで額を強打した。

毒じゃなくて、リーダー力に殺されるところだった——親でもそんなこと、もうわたしに言ってくれないよ。

なるほど、こうやって忠誠心は育つのか。めきめきと。

死にたくなるわよと言ったばかりだけれど、こんな状況じゃあ、死にたくならない。根暗でネガティヴなわたしでさえ。

『自殺など絶対にしない』と『あの人が犯人だなんてありえない』は同じようなものなので、本来、それだけで天才児くんの解答を退けることは難しいのだけれど、ただ、『美術室で起きた事件なのだから、給仕は不良くんが務めたはず』が通るなら、『マユミくんは自殺など絶対にしない』も通る。

と言うか、リーダーの結論に反論する不埒(ふらち)なメンバーなど、このグループにはいないのだ……。

「ソーサクくんはこう言っています。『確かにまゆは地球上最後の人類になっても、自ら死を選ぶことはない。ふてぶてしく、図太く、のうのうと、何も気にせずに生きていくだろう』」

本当に言ってるか？

先輩くんの気持ちを、天才児くんに代弁させてないか？

天才児くんは文字通り天才肌のアーティストなので、自死に対して独自の視点を持っていて、死を選ぶことを『逃げ』とか『弱さ』とか、まして『罪』とか、考えていないはずだから――場合によっては、自殺を『美しい』と思っているかもしれない危険性がある――、そこまであっさりとは引かないと思うんだけど……、とにかく、天才児くんは自分の推理を撤回したようだった。

アーティストが自説を曲げるレベルの忠誠心ってすごいな。

神は団長だったのか。

となると、死人に口なしのわたしを除いて、次なる解答者は、必然、リーダーということになる。

そうは言っても力業で天才児くんの推理を否定した以上、ここで半端な解答を持ち出せば、リーダーの沽券（こけん）に関わってしまいかねない。遊びなのに、遊びだからこそ、はらはらする――緊張で、不良くんの茶菓子も喉を通らない。

ここは傾聴である。

もぐもぐ。

■■

「被害者がどうして眉美くんだったのか、ということを、僕達は考えねばならないのだよ」

ここで『僕達』って、自然に言っちゃうところだよな——何にせよ、出だしは順調と言うか、切り口はまともだった。

つまり動機からのアプローチかな?

瞳島眉美が被害者である以上、世界中の全人類、犬猫、蟻んこに至るまで動機を持っているという理論には、反論はしたものの、しかしわたしが聞いても説得力があったので、その点はここまで深く掘り下げられてはいなかったけれど、これが『本当にあった出来事』ならば、動機から推理するのは、いわば通常の手順である。

わたしなんて、『リーダーを被害者役にするのはありえないし、先輩くんを殺したらマジの喧嘩になるし、ふたりの下級生に毒を盛るような不良くんじゃない』から、不良くんはわたしを被害者にしたのだろうなんてメタな視点で、納得してしまっていた。

反省しきりだ。

と思ったら、団長の推理が順調だったのは出だしだけで、まともだったのは切り口だけだった。

メタさでわたしの上を行っていた。

「犯人はミチルだ」

リーダーはそう断言した。

その指摘自体は、先輩くんと同一なのだけれど——

「ミチルが殺人犯という汚名を、仲間にかぶせるわけがないからな。これがこの美術室を舞台に、この美少年探偵団を登場人物に考えられた『犯人当て』である以上、犯人役はミチル以外にありえないのだよ、諸君！」

「…………」「…………」「…………」「…………」

えっと……、あれ？　そりゃそうだ？

そうか、わたしを被害者役に設定したのと同じ理屈で、不良くんが、リーダーやロリコン、下級生ふたりに犯人役を振るわけがないという理屈は成立するし、そして実際、その通りなのだろう。

そこにはわたしへの気遣いさえある。

わたしを犯人役にはしなかった。

「確かに……、わたしは殺すくらいだったら殺されるほうがいいって考える人間だもんね。そういう奴なのよ、わたしは」

「それはまあそうなんだろうけれど、口に出して言うと嘘っぽいね」

生足くんめ。

かと言って、別段不良くんが、殺されるくらいならぶっ殺すという主義の持ち主なわけでもなかろうが、こういうときに汚れ役を買って出る男なのは間違いない。男であり、男前なのは間違いない。

「さすがはリーダー、私などには思いも寄らない発想です。一段階も二段階も上からチーム全体を俯瞰する、団長ならではの推理と言う他ないでしょう」

双頭院くんの最たる信奉者である先輩くんが、誉めに入った――称えに入った。あら、じゃあこれが正解ってことになってしまうのかしら？　いやまあ、不良くんも俯いて黙っちゃってるし（照れてる？）、たぶん正解なんだろうけれど――と、わたしは固唾を呑んだが――もぐもぐ――、

「でもまあ、そういうことではありませんしね。ほら、ミチルくんも最初に『これは本当にあった事件なんだけどよ――』と言っていましたし。ミチルくんが考えたわけじゃなくて、本当にあった事件なんですし」

……いくらリーダーのお言葉でも、駄目なものは駄目らしい。専制君主の絶対王政は、健全に運営されている。

■■

「じゃあ結局みんな不正解だったってわけ？　だらしないなあ、本当にもう。それでよく探偵団を名乗れたものね。わたしに解答権があったら、見事、真相を示してみせたのに。ああ惜しい」

「別に惜しくねえぜ。お前は解答権がなくとも、見事、真相を示してくれたからな」

「？　どういうこと？」

あと四回殺されてもおかしくないわたしの発言を、不良くんが意外と冷静に受け止めてくれたので、その意図がわからないまま、わたしはテーブル中央のアフタヌーンティーセット、ティースタンドの三段皿へと手を伸ばす――と。

空振りだった。

鳥籠が空っぽになっている――青い鳥はどこへ逃げた？　じゃなくて、マカロンは？　チョコレートは？　サンドイッチは？　スコーンは？

「全部お前の腹の中だよ」

「え……、あっ！」

あっ！　じゃないよね。

他のみんなが、問題編に対する解答編を捻り出している間に、暇を持てあましたわたしが、どうやらひとりで茶菓子を食べきってしまったらしい。ひとりで。

何が死人に口なしだ。

ずっともぐもぐ食べてたじゃないか。

「いえ、眉美さん、あなた普段からそんな感じですよ。私達が推理に夢中だったからとかじゃなく、いつもお茶菓子は大体ひとりで食べていますよ」

「ダイエットはどうしたのさ、眉美ちゃん。定点カメラで体型の変化が観測できちゃう勢いじゃないの。その頬袋を見たら、ソーサクじゃなくっても、頬袋に毒物を仕込んでいるって思うよ」

先輩くんと生足くんのラインで連携を取られると反論の余地がないな……、ちくしょう、てめえらの女子の好みをアップデートしてやろうか。と言うか、まさしく、『犯人当て』の最中、ずっと食べ続けていたわたしは、ずっと解答していたようなものだった。

だから被害者は瞳島眉美だったのか。

わたしに対する信頼の表れなどではなく、わたしの意地汚さの表れだった——みんなの茶菓子をわたしが独り占めすることを、犯人は想定していた。

犯人であり出題者。

即ち不良くんは。

「みんなで食べていいたと思っていいた茶菓子を、実はわたしひとりで食べていた……、わたしの食欲を利用した毒殺トリックだったとは」

死因が食い意地なんて、人を太らせておいて、なんてトリックだ。

しかしそれなら茶菓子のすべてに毒物を仕込まずとも、どれかひとつに仕掛けを打つだけで——わたしはロシアンルーレットの引き金を、頼まれもしないのに、ずっと引き続けるようなものだ。

確率的にどこかで死んで、そして結果だけ見れば、なぜ瞳島眉美を狙い撃てたのか不明な、不可能状況の完成である。

「いやはや、沈黙のうちに真相を言い当ててしまうとは、慎ましくも美しい謎解きじゃないか！　眉美くんは美少年探偵団の鑑だね！　たとえ僕達が全員いなくなって、きみだけが取り残されても、きみは世をはかなむことなく、ひとりで美少年探偵団であり続けてくれることだろう！」

「はいはい」

誉めて伸ばすタイプの団長のお言葉を聞き流し、わたしは不良くんをジト目で見る——道理で最初に、『今日は吐き出すなよ』とか、強調していたわけだ。

「で、この空っぽのお皿が正解でいいのかしら?」

「ああ。俺が犯人だ」

にやりと笑い、今日は不良くんがそう吐いた——解決編で笑うタイプの犯人だった。

■■

犯人を当てたので、栄えある次回の出題者はわたしである。

さあ、誰を犯人にしようかな。わたしは不良くんほど、不良くんお手製の茶菓子ほど甘くない。

試験とは、作るほうが試される。

札槻嘘（ふだつきライ）の禁じられた遊び

「ある美術館に展示されているすべての絵画を、一夜にして一枚残らず、贋作とすり替える遊びって——あなたにならできるかしら？　札槻嘘くん」

■■

■■

犯罪集団『トゥエンティーズ』の主な業務は『宅配』である。噛み砕いて言えば運び屋というわけで、通信販売がすっかりスタンダードシステムとなった現代社会においては、大いに持て囃されるべきグループと言えよう——むろん、だからと言って既得権益にあぐらをかかず、同業他社との差別化を図るため、企業努力は怠らない。最良の顧客体験を提供するためのサービスを、『トゥエンティーズ』は毎日のように更新し続ける。来る日も来る日も革命記念日だ。言うまでもなく、運ぶ荷物の詳細は問わない——ミサイルのように巨大なサイズでも、逆に、病原菌のように極小のサイズでも、天地無用どころか問答無用である。クライアントが誰であっても、分け隔てなく接するのだって当たり前のことだであろうと。

――たとえ歴史に名を残すような凶悪犯であろうと、そして――そして、十四歳の中学生であろうと。

髪飾中学校生徒会長にして遊び人の、札槻嘘であろうと。

「はい。今回のお届け物――判子かサインを頂戴な。それにしても、超小型化、超軽量化された音響殺戮兵器なんて、中学生がいったい何に使うのかしら？ 少年犯罪って奴？」

『トゥエンティーズ』の女首領、麗は、そう言いながら無造作に、髪飾中学校生徒会室のテーブルの上に、無造作以上に無防備に梱包された段ボール箱を置いた。もちろん、無防備に見えるのは見かけだけで、たとえば指輪学園の瞳島眉美が透視しようとしても、それができないくらいの封印が、その段ボールには施されている。

（ちょうどそれは、テーブルだと思ったこの調度が、よく見たら椅子だったみたいな話なのかしら――それとも、目の前の人畜無害そうな男子中学生が、他国から軍事兵器を密輸入しているみたいな話なのかしら）

「何に使うのか、興味がありますか？ 麗さん」

生徒会室内に、無数に並べられた椅子のひとつに、悠然と腰掛けたスーツ姿の中学生が、試すように質問を返してくる。

クライアントが、『トゥエンティーズ』の運んだ荷物をどう扱うかなんて、関知しないのがマナーに決まっているけれど（少年犯罪なんて軽犯罪のごとく軽いウィットだ。麗とこうして対面している時点で、十代の彼は重大犯罪を犯している）、そのルールに縛られ過ぎるほど、麗は四角四面ではない。

（いや、本当に興味なんてぜんぜんないんだけれど、ここは興味がある振りをするのが、旺盛なるサービス精神ってものよね――）

本当に興味があるのは、久し振りに足を踏み入れた髪飾中学校が、スカジャンとバニーガールの巣窟になっていた理由なのだが、それを訊くべきでないことは、プロじゃなくても明らかだ。

法よりよっぽど触れたくない。

「軍事兵器というのは、概ね、戦争が終われば平和利用されるものですからね。それを見越しての先行投資ですよ。ほら、東京タワーは戦車でできているって言うじゃないですか」

そのたとえはぜんぜん違うと思うけれど、言いたいことはわかったし、商売人らしい目の付けどころではある。悲劇は商機、戦争が起きる前から戦後を見据えるというのは――

（商売人じゃなくて、遊び人ね）

今はもう閉じてしまったようだが、体育館で夜な夜なカジノを開いていた頃は、この中学生、支配人を名乗っていた――麗に言わせれば、あんなの、とんだぺてん師だが。平和利用なんて言い分も、どこまで本気で口にしているのかわかったものじゃない。相手にすればするほど、煙に巻かれるようなものだ――集団行動を旨とする『トゥエンティーズ』だが、今日に限っては方針を曲げて、麗が単身荷を運んできたのも、荷物がハンディだったからと言うより、何も考えずにうっかり部下を連れてきて、この若きカリスマに取り込まれては敵わないと思ったからだ。

警戒し過ぎるくらいでちょうどいい。

「僕は麗さんの名字に、興味がありますがね」

「麗ですべてよ。ゼンデイヤと同じ」

「ゼンデイヤなんですね、その言い回し。麗さん的には」

「もちろん、ビヨンセでもプリンスでも。そして判子でもサインでも。ただし――」

「わかっていますとも。ただし、支払いは必ずキャッシュで、ですよね」

そう言って札幌は椅子から立ち上がる――アタッシェケース型の椅子から。70リットルサイズのそのケースの内側にぎゅうぎゅうに詰め込まれているであろう札束は、音響殺戮兵器の代金ではない――それは別個に、既に先払いで振り込まれている（とてもアタッシェケース一個に収まる額ではない。この生徒会室を埋めるくらいの現金が必要になる）。

この場で『いつも通り』支払われる取り決めになっているのは、あくまで『トゥエンティーズ』が受け取る正当なる配送料だ——『ただし』。

今日に限って、麗はそれを受け取るつもりはなかった——ルールには縛られない、ビジネスはフレキシブルに。

『トゥエンティーズ』に団則はない。

「ねえ、嘘くん」

麗は切り出した。

「簡単に言うと——簡単には言えないんだけど、せめて手短に言うわね。ある美術館に展示されているすべての絵画を、一夜にして一枚残らず、贋作とすり替える遊びって——あなたにならできるかしら?」

■■

「ははあ、なるほど。その謎(なぞ)を解いてみせることが、今回の配送料というわけですか? 麗さん」

(一を聞いて十を知ると言うけれど、まだ何も言っていないようなものなのに、こうも話

が早いと、つまらないくらいね）

　楽でいいのは間違いないが。

「まあ、いい話を持ってきてもらったと思うことにしましょうか——知恵を出せばいいだけなんて、基本無料みたいなものです。謎解きは専門ではありませんけれど……、それはどちらかと言うと、どこかしらの探偵団の『遊び』でしょうに」

「うふふ。彼らは謎解きには向いていないからねえ」

　軽口を叩く前に失笑してしまった——謎解きに向いていない探偵団なんて、随分な撞着じゃないか。

　もっとも、不向きなのは本当だ。

『トゥエンティーズ』の情報網（運送ネットワークとも言い換えられる）によれば、あの六人組は最近、絵画がすり替えられた謎を解くどころか、絵画のすり替えを実行しようとしたというのだから——麗がやって欲しいことと真逆である。

（私が、じゃなくて、クライアントがやって欲しいこと、だけど——でもまあ、今回は半分、私用みたいなものか）

「具体的な枚数を知りたいですね。美術館に展示されているすべての絵画と言いましても、世の中には、たった一枚の絵画だけを展示する美術館だってありますからねえ」

「大小合わせて三百四十二枚」

「わお。それは豪気だ。金銭的被害は、天文学的数字に昇りそうですね」

「そうでもないのよ。当然ながら、きっちり盗難保険に入っているからね――文化事業の側面を無視してお金銭点だけで言えば、被害者はむしろ得をしたくらいのものじゃないかしら」

現に、『当時は人気があった』みたいな、不良債権みたいな作品も、これで換金できることになるのだから――もっとも、それはあくまで、美術館の運営者側の意見であって、保険会社はたまったものではない。天文学的な金銭的被害を受けるのは、そちらである――企業として当然のリスクヘッジをどれだけ慎重におこなっていようと、何せ盗難のスケールが半端ではない。いかにリスクを分散しても、こうなるとほとんど一手に集中しているようなものだ。

「バラしちゃうと、その保険会社が今回のクライアントってわけ」

「バラしちゃっていいんですか?」

「よくはない。ただ、これをバラさないと話が進まないのよ。もっとバラすと、私が面倒臭い。まあ、無茶な依頼だとは思うけれど、私達『トゥエンティーズ』もお世話になっている保険会社だから、無下にもできなくてね」

「保険に入ってるんですね、麗さん」

微笑む生徒会長。

その茶々に返事をするなら『入るときもある』だ――もしも『トゥエンティーズ』に団則を設けるとするなら、『手堅く自由に』が、第三条くらいにくるだろう。

「犯人を突き止めて三百四十二枚の絵画を取り戻して欲しいという依頼でしたら、遊びで済む仕事量ではありませんね。僕に出せるのは、あくまで知恵だけです。コンサルタントですから」

「いくつ肩書きを持ってるのよ」

「持てるだけ。肩の荷は下ろさないタイプですので」

見かけによらず、気苦労が多いタイプなのだろうか――いや、単なる韜晦か。

「安心して。突き止めて欲しいのは、盗難犯でも、本物の絵画のありかでもないわ。すり替えの手口さえ突き止めてくれれば、それでいいんだって」

「逆に言うと、すり替えの手口は現時点でも判明していないんですね?」

話が早い。本当に。

このままだと追い越されてしまいそうだ。

「そうね。ある朝突然、すべての絵画が偽物にすり替えられていたのよ」

「あなたがた『トゥエンティーズ』の仕業じゃあないんですか？　麗さん率いる精鋭部隊なら、三百四十二枚の贋作を運び込むことも、また三百四十二枚の真作を盗み出すことも、文字通り朝飯前の徹夜仕事でしょう」

朝飯前の徹夜仕事とは……、『トゥエンティーズ』の標語にしたいくらい、小粋な表現だった——が、生憎、

（視点人物＝犯人、じゃあないのよね）

である。

そういう依頼があればやったかもしれないが、この件に関しては麗達は無実だし、それに、仮定の話に回答すると、やったかもしれないが、できたとは言えない。

（運び出すことはできそうだけど、持ち込むのが難しそう——なのよね）

プロフェッショナルならば当然、合理的に避けるべきその余計なひと手間が、『遊び』だと思うのだ。

（窃盗犯の遊び心……？）

「だから遊び人である僕のところに、麗さんはおいしい話を運んできてくれた——と理解するのも、どこか短絡的ですね。第一、手口さえわかればそれでいいというのも奇妙な依頼です」

疑問を感じていると言うより、まるでとぼけているような口調だ——もしもその辺りの事情などとっくに想像がついているにもかかわらず、麗からそれを言って欲しがっているのだとすると、なるほど、年齢離れした商才を見せるこの少年は、確かに少年なのだろうと思う。

（だからこそ——か）

「そもそも謎解きなら、もっとプロフェッショナルな人間を、麗さんはご存知なのでは？　あの美しき探偵団に依頼するなんて行為は、そりゃあ悪い冗談でしょうけれど、だけど僕達チンピラ別嬪隊を、光栄にも大手保険会社が本気で当てにしてくれているとは思えませんね」

「大手でもあるけれど、裏手でもあるのよ。そして驚いたことに、あなたを本気で当てにしているのよ——それだけ切羽詰まっているとも言えるわね。実際にその天文学的な数字を支払うとなれば、倒産は免れないもの」

他人事のように言っているが、まったく他人事ではない——その場合、手堅く自由な『トゥエンティーズ』も連鎖倒産しかねない。少なくとも業務は大いに滞ることになる。その他、しっちゃかめっちゃかになる中小組織は、相当数になるだろう。

（だから、アタッシェケース一杯の配送料を帳消しにするだけの値打ちはあるお願いなの

よね——基本無料なのは、私達のほうかもね）

「なればこそ、専門家を雇うべきなのでは？」

「なぞなぞを解いて、それでめでたしめでたしとはならないのよ、この場合。謎と解決が、必ずしも両立しないパターン——だって、たとえ名探偵が、三百四十二枚の絵画が盗まれたトリックをばったばったと解明してくれたところで、被害が回復するわけじゃないでしょう？」

名探偵が殺人事件を解決すると同時に被害者が全員蘇生するような、そんなファンタジックな世界観なら別だけれど、普通、一度亡くなった命は返ってこない。同じように、失われた絵画だって、たとえ明晰な推理で犯人を突き止めたところで、絵画が戻ってくるわけじゃあない。

「そうですね。日本じゃあ、盗品が善意の第三者に販売されていた場合、もう取り返せないんでしたっけ？　ドラクロワ条約を批准していないから」

ドラクロワ条約ではない。

ただまあ、そんなような名前だった。

わざと言っているのだろうから、突っ込まない。

「だからこそ、警察より先に犯人を突き止めて、秘密裏に取引し、絵画を取り戻したりする方法もあるわけだけど、それをやるのは、美術館側よね。あくまでも保険会社としては、大金を支払わずに済めば、倒産は免れる——たとえば被害者である美術館の警備態勢に相応の瑕疵があれば、あ、て、く、れ、れ、ば、保険金の支払い義務はなくなったりするのよね」

「だから手口で——だから僕ですか」

呆れた素振りで、肩を竦める。

その芝居がかった仕草に、やっぱり最初からわかっていたんじゃないかと思わされる——麗は「そうよ。その通り」と頷く。

「中、学、生、の、少、年、に、解、明、で、き、て、し、ま、う、よ、う、な、手、口、で、絵画の大量盗難に遭ったのだとすると、美術館の警備がなってなかったと、証明できるようなものだからね」

その意味じゃあ、この話を美少年探偵団にお届けするというのも、まったくありえない選択肢ではなかったということになる——美少年だろうと遊び人だろうと、探偵役が中学生なら、それでよかったのだ。

小学生ならなおよかったし、幼稚園児なら言うことはなかった——しかし、残念ながら、いかに顧客を選ばない運送会社と言えど、『トゥエンティーズ』の顧客リストの中に、幼童はいない。

（もっと商売の手を広げないと）

「よろしい、引き受けましょう。他ならぬ麗さんからのご依頼ですし」

受け取りようによっては侮辱されたと感じてもおかしくないような取引内容なのに、札槻嘘はむしろ嬉しそうに、そう承諾した——戯画的な『少年探偵』を逆手に取るような考えかたが、彼独特の遊び心に刺さったのだとすれば、麗の思惑通りということになるが、そう単純なものでもないのだろう。

「楽しそうな遊びです。探偵団と対立する組織を統べる僕にしてみれば、なんとも禁じられた遊びですがね」

■■

「根本的な話、実際の警備態勢はどうだったのですか？　本当に瑕疵があったのなら、そもそも『少年探偵』の出る幕はないということになります」

警備が杜撰だったために犯行が可能だったというストーリーラインは、あくまでもクライアントが描いた絵であって、真実性からはほど遠いはずだ——と、麗は思う。

何も管理者責任をでっち上げようというわけではないにせよ、保険会社から『トゥエンティーズ』にこういう『配送』が持ち込まれたこと自体、警備に——スパイ映画ほどの堅牢さとは言わないにせよ——不備はなかったことを証明しているとも言える。

「閉館後の警備員の巡回や防犯カメラによる二十四時間の監視は基本として、警報システムだって完備されていたはずよ。海外の美術館のように手荷物検査があるわけじゃないけれど、客観的には、それを緩いとは言えないわ」

「です、か。しかし、『美術館に展示されていた三百四十二枚の絵画が、一夜にしてすべて、偽物とすり替えられた』というこの梗概に含まれる、一番大きなミステリーは、先程麗さんが仰った『わざわざ偽物とすり替えたこと』ではなく、『一夜にして犯行を成し遂げたこと』でもなく、『すべて』すり替えられた点でしょうね」

「犯行のスケールの大きさが謎って意味？」

「ええ、まあ、そういう意味でもあります。今回の事件とは少しケースが違いますが、以前、ありましたよね。どこかの美術館から絵画が盗まれて、代わりに真っ白なカンバスが掛けられていたというような事件——あれは、でも、まだ理解しやすいじゃありませんか。不可解ではありますが、不可能ではありません……、不可能犯罪ではありません。犯人の、これ見よがしな自己顕示欲とも受け取れます」

「遊び心ともね」

「遊びにも限度はありますよ。限りのない遊びは、ただの退廃ですから。大小合わせて三百四十二枚——これは無意味と言ってもいい数字です。だって、不良債権みたいな絵画もあったのでしょう？ そんな絵画を盗む意味は、ほとんどない——あるのはリスクだけです」

「価値の高い絵画だけを盗めばよかったのに、そうしなかったのがミステリーだってこと？ でもそれは、コンプリート欲の強い犯人だったってことじゃないの？ 三百四十二枚、すべて揃えないと気が済まない性格だったって」

「だとすれば、ガチャには手を出さないほうがよさそうですね。でも、期間限定の企画展示などは、どう扱います？」

それこそガチャだが……、確かに、『これはいいや』と判断して残していく絵画が一枚もなかったというのは、おかしな話かもしれない。それもまた、腕を見せたくての自己顕示欲と見做すべきなのか……、ただ、コンプリート欲の強い蒐集家としての『目利き』を満堂に示したいなら、絵画の収奪に当たって、厳かな選別をおこなうはずだとも思える。

「逆に言うと、犯人には、三百四十二枚の絵画をワンセットにまとめて盗まなければいけない理由があったのかしら？ さながら投網漁のごとく。総ざらいで。一枚でも欠けていれば、トリックが成立しない、よんどころのない事情があった……」

「驚天動地の大トリックとして考えられるのは、美術館ごとすり替えたという可能性ですかね。ちまちまと個々の絵画をすり替えたのではなく、大胆不敵にも、建物ごと移築した——なんてのはいかがです？」

「少年探偵と言うよりは、それって推理作家の閃きそうなアイディアよね。絵を盗むために家を盗むなんてのは——将を射んとすればまず馬を射よ、だわ」

出だしは好調と、前向きに捉えるべきだろうか……、柔軟な発想ではある、悪ふざけが過ぎるだけで。

「移築できる規模の建物じゃないし、コピーできるタイプの建物でもないのよ。歴史の長い美術館で、館自体が一個の芸術品みたいなものなんだから」

「だからこそ盲点とも言えます」

「言えるけどね」

もちろん本気で言っているわけではないようで、「コンプリート欲はさておいても、少なくとも、犯人が美術品愛好家でないことは間違いないでしょう」と、札槻嘘は話を戻した。

「どの絵に価値があって、どの絵がそれより価値が低いのかなんて鑑定ができたとは思えませんし、するつもりもなかったのではないでしょうか」

「……その鑑定眼のなさが、大量絵画のすり替えトリックに噛んでくると思うわけ？　我らが少年探偵は」

投機目的で絵画を蒐集したり、場合によっては盗んだりするコレクターも少なくはない——少なくはないと言うより、『トゥエンティーズ』にとっては、そういうコレクターこそ、上得意である。

ただまあ、彼らとて、『バレないように盗む』くらいの良識（？）は、持ち合わせているはずだ——こうも大っぴらに、こうも大々的に事件化してしまえば、美術館に展示されていた絵画を、『善意の第三者』として買い取ることは難しい。

「それが僕の注目する、第二のミステリーですね。一夜にしてすべての絵を盗んだ手技はどうあれ称えるべきものだとして——しかし、贋作を飾った意味が不明です」

「？　それは自己顕示欲の遊び心でいいんじゃないの？」

「半端なんですよ。贋作とすり替える意味は、普通に考えると、『盗んだことがバレないように』でしょう？　しかし、すり替えがバレたということは、出来の悪い贋作だったということになります——なぜ、出来のいい贋作を用意しなかったのでしょう？」

「…………」

「それこそ、白紙のカンバスや、まるっきり違う、子供の落書きみたいな絵画とすり替えてしまうと言うのなら、『悪戯』として腑に落ちます。でも、一応は真作に寄せた贋作となると、わけがわからない」

遊び心の専門家には、その『徹底していない感じ』は、とても看過できないポイントなのかもしれない。麗は決して審美眼を売りにはしていないけれど、依頼を受ける際に実物を見たときの感想は、

（本物に比べて、随分色褪せている――いっそわざとらしいくらいに）

だった。

（額縁がしっかりしている分だけ、より引き立って――否、引き、引き座って見えたわ）

「たとえ贋作でも、三百四十二枚揃えるとなるとなかなかの先行投資になるから、節約したんじゃないかしら？　絵の具のクオリティとか」

中学生にだけ考えさせるのも何なので、麗は一応そんな可能性を提示してみる――削れる予算を削るという発想は、組織の長から見れば、必ずしもそう不思議でもない。

「そこは窃盗犯にとって重要じゃなかった。贋作がバレなかったらそれでいいし、バレたらバレたで、別に困らない――そういう腹づもりだったんじゃない？」

「捜査を攪乱するためのミスリードの線はあるでしょうね。僕は今、まんまと罠にはまっ

ているのかも」

それにしてはうきうきしている風の遊び人である——余裕だからこその遊び心とでもいうのだろうか。

「あるいは、それもまた、すり替えトリックに必要不可欠な要素だったのかも——そっくりでもなく、あからさまでもない、中途半端な偽物を展示することが、美術品収奪計画の、重要なピースだったのだとすると——」

「だとすると?」

麗の反駁に、遊び人はふっと微笑するだけだった——含みを持たせたのか、それとも何も考えていないのか。

「さて、疑問点を明示したところで、具体的な検討に入りましょうか。昼休みも永遠じゃありませんしね」

「昼休み……、ああ、ここ学校だったっけ?」

うっかりすると忘れてしまう。今日は特に、学校らしい雰囲気のない空間になっているわけだし。

「すり替えの手段がわからないということは、巡回する警備員は犯人を目撃しておらず、設置されていた防犯カメラには、犯行の瞬間は写っていなかったということですよね?」

「ええ。映像に細工された様子もない……、そうよ」

「確かですか？　昨今のデジタル技術は、写っている人物を綺麗にトリミングすることもできると聞きますよ」

「なんなら確認する？　必要とあらば、運んでくるわよ――即日便で。もっとも、一晩分のビデオを確認するのは、とても昼休みじゃ終わらないと思うけれど」

退屈な作業にもなる。

巡回警備員を除けば誰ひとりとして写っていないモノクロの映像に向き合うのは、心の折れる作業だ――それが遊び心となれば尚更である。

目的が目的だけに、早送りで確認するわけにもいかないし……。

「遠慮しましょう。以前、麗さんに運んでいただいた『隠れ蓑』を使われていたら、そもそもトリミングするまでもなく、防犯カメラに写りはしないわけですしね」

「手口がそれなら、お手上げね」

犯人を突き止められないという意味ではない……、最新科学だろうと最新技術だろうと、何の痕跡も残さないということは不可能だ。逆に、そんなレアで秘匿性の高い手口を用いられる人物は非常に限られることから、犯人は特定しやすくなるとも言える。

お手上げなのは、その場合、クライアントは保険金を支払わないわけにはいかないからである……、そのトリックは通常の警備体制では防ぎようがない。たとえ手口を解き明かしたのが中学生であっても、さすがに管理者責任が生じるとは言えない。

「……もっとも、その心配はいらないかしら。一枚や二枚の絵画を盗む分にはまだしも、絵画三百四十二枚分の『隠れ蓑』を準備するとなると、足が出るなんてものじゃないわ。それこそ、本当にもう一軒、美術館を建てられるくらいの金子が必要になるし……、身も蓋もないことを言えば、三百四十二枚の絵画を、真っ当な商取引で購入できちゃうもの」

　牛刀を以て鶏を裂く――である。

　今回運んできた音響殺戮兵器も含め、この遊び人が割引価格で最新技術を入手できるのは、あくまでも『実験』を請け負っているからだ――それは『人体実験』と言ってもいいかもしれない。

「『未来の技術』『未知の技術』は考慮に入れなくていいということですか」

「使われているとしても、比較的低予算で済む範囲でないとね。せめて、あなたが腰掛けているそのアタッシェケースの中身くらいで、収まる額でないと」

「これも結構な高額ですけれどね――僕も浪費が好きなわけではありません。ところで、麗さんは座らないのですか？　話も長くなってきましたし、好きな椅子に座っていただいて構いませんよ」

「生憎、人ん家の椅子には座らない主義なの。地雷の仕込まれた椅子に座って以来」

「いったいどうやって助かったんですか、その状況から。そちらのほうがミステリーですよ」

お追従でなく、本当に不思議そうな顔をする生徒会長——教えてあげてもいいが、そこまでサービスすることもないか。

それはまた別の事件だ。

「昼間も防犯カメラは回っているんですよね？　でしたら、下見に来た犯人の姿が写っているんじゃありませんか？　事前調査なしで、このスケールの犯行に及んだとは思いにくいですよ」

「そのアプローチは、既にクライアントがおこなったそうよ。怪しい人物はひとりも写っていなかったって——来館者が絵画を鑑賞している姿しか写ってなかったって」

鑑賞していると言うか、撮影していると言うか……、自分の目ではほぼ一瞥もせず、携帯カメラに絵画を見せているような来館者ばかりだったらしい。強いて言えば、絵画を撮影することなく、後ろ手を組んで鑑賞している客層のほうが、怪しく見えたとか……、数の論理は恐ろしい。

「スマートフォンは、今や第三の目ですからね」

若いだけあって、そういう鑑賞姿勢に抵抗はないらしい中学生はそう言って（対照的に、目くじらを立てた自分が恥ずかしくなる）、

「つまり撮影ＯＫなんですね？　その美術館は」

と訊いてきた。

ふむ、それは下見がしやすいという意味でもあるか……、絵画以外のスペース（廊下や窓、搬入口など）を、執拗に撮影している人物がいれば、確かに、その来館者は容疑者候補になりうる。

「ええ。三脚とかセルカ棒とかの使用や、フラッシュは禁止だけど……、撮影禁止の作品はなかったはずよ。もちろん触っちゃ駄目だし、絵画に近付き過ぎても、警報が鳴っちゃうわ」

そう言えば、海外の美術館では、日本人来館者のマナー違反が取り上げられることもあるらしい――なんでも、警報音ならぬ、携帯カメラのシャッター音が、カシャカシャ、静謐な館内にとてもよく響くそうで。

国内ではマナーのために備えられた機能が、国外ではマナー違反扱いになるというのも、経験しておくべき文化交流である。

「そんな警報装置も作動させることなく――ですか。そりゃあオフにするテクニックもあ

るのでしょうし、いくつかは僕でも思いつきますが、三百四十二回も、そんな高度に単調な作業を繰り返して、一度もミスをしないというのは、難しいように感じます」

物量もただならぬが、回数も著しい。

たとえ天才的な怪盗であったところで、人間である以上、百回に一回は失敗をするはず——まして三百四十二回となれば。

実際にミスを犯すかどうかはともかくとして（あくまで確率的な話だから）、一度のミスですべてが台無しになりかねないような犯罪計画を、そもそも実行する気になるかどうか。

仕事にリスクはつき物だ。しかし、遊びとなるとどうだ？

賭博小説にありがちな『破滅を賭けるから面白いんだ』みたいな台詞には、いったいどれほどの説得力がある？　実際にギャンブルや投機を『面白がっている』と言えるのは、安全圏の余裕分で遊んでいる富裕層なのでは？

余裕——遊び。ならば……。

「その手口に、一度もミスをしない確固たる自信があったのでしょうか——考えちゃいますけれどね。トリックを用いる犯罪計画を立てるとき、犯人はどこまで成功を確信しているのかって。ひょっとすると、彼ら彼女らは失敗することを望んでいるんじゃないかとも思います」

「？　良心の呵責って奴？　悪事をおこないたくないという無意識が、自然と、失敗する可能性の高い選択をさせてしまうわけ？……異常なスリルを楽しんでいるって説よりは、説得力があるかしらね」

名探偵との対決を望むヴィランは、実は逮捕されることを切望している――否、実際のところは、『もの珍しい閃きに振り回されて、そこまで深くリスクを考えていなかった』というケースのほうが、圧倒的に多いに決まっているが。

犯人は『よく考えてなかった』。

今回も、それが答でいいのだろうか？

「まあ、犯人の動機や躊躇、逡巡や呵責なんて、被害者には何の関係もないけれどね――殺人鬼に辛い過去や同情すべきトラウマがあったところで、刺される犠牲者の救いにはならないもの」

（あれ？　私ってば、なんだか倫理的なことを言っている？）

いや、真に倫理的なら、殺人鬼の内心を大いに考慮すべきである――犯罪者に人権を与えることは、どんな芸術作品よりも、よっぽど文化的な行為なのだから。

（これは私が犯罪者だから、そう思うだけかもしれないけれど）

しかし、そんな麗の内心を、それこそ考慮したかのように、

「そうですね、麗さん——考えるべきでした。犯人の動機を」

と、遊び人は同調した。

「僕としたことが、迂闊にも言われた通りのことをしていましたよ。手口だけ突き止めてくれればいいと言われたことで、ついつい甘えてしまって、そこにばかり集中してしまいました——もっと散漫に考えるべきでした」

（…………？）

いや——そうか。そうだ。そりゃそうだ。

彼がとりわけピックアップした二つの疑問点『どうして三百四十二枚の絵画、すべてを盗んだのか』にしても『どうして中途半端な贋作を用意したのか』にしても、手口を突き止めて欲しいというクライアントの依頼内容から『それが驚天動地の大トリックに必要だったのだろう』と、まさしく無意識下に誘導されてしまっていたけれど——その『どうして』は、普通に訳せば、『ＨＯＷ』ではなく『ＷＨＹ』のはずだ。

大規模な不可能犯罪は、それが大規模であれば大規模であるほど、動機面の考察がおろそかにされがちだが……、犯人がいる以上、動機はある。

「そして動機を突き止めることが、手口を突き止めることにもなります。いえ——なりま

した」

札槻嘘は過去形で言った。

（話が早い――話が速い）

どうやら、追い越されたらしい――語り手は役割を終え、この先は麗が、聞き手に回ることになる。

「僕の好敵手ならば、『東西東西――』と、切り出す場面なのでしょうね、ここは」

最近、言ってないらしいけど。

■■

「結論から申し上げますと、大小三百四十二枚に及ぶ絵画は盗まれても、ましてやすり替えられてもおらず、ただただ贋作と見紛うばかりまでに、退色させられていたというのが真相なのでしょうね、きっと」

結論から言うと言って、本当に結論から言う探偵役も珍しいが――聞き手としては、もうちょっと焦らし戦法で勿体ぶってよと思わなくはない――しかし、端的に語られたその『謎解き』は、更に奇異なる内容だった。

(退色——色褪せて)

「不可能犯罪は、不可能だからこそ不可能だということですよ。土台、『トゥエンティーズ』でも、達成できるかどうか即断できないという大仕事を、他の何者が成し遂げられるのですか?」

「おだてられてもねえ」

真作を盗むことはできても贋作を運び込むことはできない——だからこそ、犯人がどんな手口を用いたのか、実のところ興味深くはあったけれど……、そもそも、運び込まれても、運び出されてもいなかったならば。

三百四十二枚はおろか、一枚たりとも。

「そりゃあまあ、保存状態が劣悪だったり、酷い損傷を受けたりで台無しになった真作が、贋作扱いされることは、ままあるでしょうけれど——でも、それだって、三百四十二枚の絵画で同時に起こるケースじゃないわ。美術館の空調設備が、その夜、突如狂ったとでもいうわけ?」

いや、そのレベルの温度の急変を、巡回警備員が気付かないわけがない——それに、ひび割れたとか絵の具が溶けたとかではなく、退色となると……。

「あくまで推理であって、一例ですが……、退色させる『手口』は、携帯カメラの改造で実現可能なのではないでしょうか？」

「……と言うと？」

「三脚禁止の理由はわかりやすいじゃないですか。そんな大仰なものを設置されたら、館内の動線が乱れますからね。セルカ棒禁止も、同様の理由でしょう——ただ、フラッシュ禁止は、単に『まぶしくて他の来館者に迷惑がかかるから』ってだけじゃありませんよね？」

そうだ——強い光が絵画を傷めるから、だ。

（傷めて——退色させるから）

本の日焼け、みたいなもので、それがないように、どんな美術館もよっぽどの理由がない限りは、間違っても絵画には直射日光が当たったりはしない展示になっているはずだが

——

「でも、フラッシュじゃなくとも、今のカメラは測位光だったりも放っていますからね。周囲に察せられない不可視光線を——お勧めはやっぱり紫外線ですかね——、意図的に放つフラッシュを装置に組み込むだけで、携帯カメラは怪しまれることなく使用できるでしょうし」

「…………」

最新技術と言うほどでもない。夏休みの工作レベルだ。紫外線放射装置くらいなら、日焼けサロンを訪ねるまでもなく入手できるだろうし……、だが、トリックと言うよりギミックと言うべきそんなアイテムが使用されたとなると、犯行は夜ではなく、昼におこなわれたことになる。他の来館者に紛れて――

「そうですね。梗概における『一夜にして』というくだりさえ、ミスリードだったわけです――もちろん、『一昼』でもないでしょう。美術館に毎日のように足しげく通い詰めて、三百四十二枚の絵画を、気付かれないよう徐々に退色させ――ある朝、不意に誰かがその変化に気付くという段階的な仕組みだったのでしょう」

わずかずつの変色が、いつの間にか取り返しのつかない退色に至ったというわけか――ああ、そうか、そんな変化なら、防犯カメラでは防ぎようのない犯行となる。

なにしろ、防犯カメラの映像は――モノクロだ。

カラーリングの変化は捉えにくい。

(だから――ある日突然、贋作とすり替えられたみたいに見えるわけだ)

三百四十二枚のうち一枚でも、そんなレベルまで退色すれば、当然、美術館は他の絵画も総チェックするだろうし――厳しい目で監査すれば、その審判に耐えられる絵画はあるまい。

（『贋作』が『中途半端』なのは、ほんの一日前まではしっかり『真作』だったからで、額縁だけが妙に立派だったのは、そちらには特に手を加えられていないから……、いや、でも）

手口としてなら納得がいく。

推理と言うより思考実験に近い気もするけれど、『すり替えはおこなわれていなかった』という視点に切り替える逆転の発想自体は、うん、思いの外受け容れやすいものがある。

（本物が色褪せて偽物になるなんてのは、芸術品に限らず、人間だっておんなじことだしね——納得納得）

だけど、それはあくまで『手口』に関してである——あんな風に、『動機』を重視するようなことを言っておきながら、犯人の内心は、よりわけがわからなくなってしまっていないか？

だって、絵画を盗んでもいないというのだから。

美術館の絵画を、ただ痛めつけただけだ。傷めつけただけだ——ピックアップされた疑問点のふたつ目が、それで解消する。するけれど——

「動機が目的を想定し、目的が手段を決定する——単体で考えるから、不思議にも不可解にもなったんです。つまり、動機を追及したから、瞬時に手口が見えたんですよ」

「言いたいことはわかるけど——いえ、わからないわね。説明して。説明しないと痛い目を見るわよ」

「恐(こわ)い聴衆ですね。もちろん冗談だとわかっていますよ。現在の困った状態を、犯人の動機が完全に成就した状態だと仮定してみてください」

（現在の困った状態?）

美術館からすべての絵画が『盗まれ』て、立ちゆかなく——は、なっていないのか?

保険金が下りて、不良債権の処理もできるから——つまり美術館への嫌がらせという線はなく——そう、困っているのは、『トゥエンティーズ』のクライアントである大手にして裏手の保険会社だ。

大量の絵画の保険金を支払うために、倒産危機の渦中にある彼らこそ、立ちゆかなくなっている。

「保険金詐欺(さぎ)ってこと? それなら、犯人は実際に絵画を盗む必要はない——盗まれたと、思わせるだけでいい」

動機と、目的と、手口。

遊び人ならではと言うより、ぺてん師ならではの解釈とも言えるが……。

「保険金詐欺というスケールではありませんね。それなら、数枚のお値打ちものを『退色』させるだけでいい——三百四十二枚、すべての絵画を『すり替えた』のは、現実的に支払い不可能な債務を、保険会社におっかぶせるためだったのでしょう」

それでひとつ目の疑問点も解消される。

美術館から『盗まれる』絵は、多ければ多いほどよかったのだ——数の暴力。狙いが絵画そのものでも、美術館でも、ましてお金でもなく、クライアントのクラッシュにあったのだとすれば。

「まあ……、美術館が詐欺を目論んだなら、絵画を傷つけるような方法は取らないでしょうしね。被害者＝犯人であるなら、絵画は絵画で、善意の第三者に売り払うくらいの悪知恵が働かないわけがないもの」

恨まれる理由は、多々あるだろう。

善良な保険会社とは言えない、大手で裏手で、つまり悪徳だ——天文学的な支払いを避けるために中学生まで動員しようとしている辺りから、推して量るべく。

（判明してしまえば、遊び心なんてまるで感じられない、迂遠で地道で、嫌になるほど執拗な、まっすぐに捻くれた執着心——その辺りから、手口や動機のみならず、いっそ犯人まで突き止められるかしら？）

否――防犯ビデオを精査するだけで十分か。

一般客に紛れるために、携帯カメラを模した発光機を使用したと仮定するなら、毎日のように美術館を訪れ、そして毎日のようにすべての絵を撮影している、熱心な来館者を特定すればいい。それならモノクロだろうとフルカラー4Kだろうと、関係なく顔認証できる。

「犯人捜しなら、更に別方向からのアプローチも可能だと思いますよ？　犯人の狙いが、その保険会社でさえなかったとするなら」

「え……？　何よ、今更ひっくり返すようなことを。どういう意味？」

「もしもクライアントが倒産すれば、あなたがた『トゥエンティーズ』も、それなりの損害を負うことになっていたのでしょう？　ひょっとすると、連鎖倒産していたかも――とすると、犯人の本当の標的は、麗さん達だったのかもしれませんよ。あなたがたに、物心両面で、ダメージを与えることだったのかも」

（…………）

一笑に付さなかったのは、自分達の健全さに自信がなかったからではない――サービス精神旺盛な運送会社である『トゥエンティーズ』が、誰からも恨まれているはずがないという確信がなかったからではない。

更に、その先を考えてしまったからだ。

そんな風に、遠回しに、遠隔的に『トゥエンティーズ』を追い込むことで、己のところに『おいしい話』が運ばれてくるよう誘導し、小型兵器の運送料の支払いを回避しようという『遊び』を目論んだ中学生の存在を、推理してしまったからだ。

（あのアタッシェケースの中には、本当に札束が詰まっているのかしら……？　それとも、触れたらそれとわかるくらいに、空っぽ――？）

もちろん考え過ぎだし、これは考え過ぎないほうがいいことだ。訊かぬが一生の恥だとしても、訊くことでその一生を失いかねない。

だが、ひとつだけ、まったく別のことを、麗は訊かずにはいられなかった――この生徒会室に入室した当初は、本当の本当に、ぜんぜん興味のないことだったが……、今となっては興味津々である。

こ、こ、こんな遊び人が。

これを使って、どう遊ぶのか。

（この子こそ、本当にスリルを楽しんで遊んでいるのだとすれば――）

「平和利用って言ってたけど、具体的にはこの音響殺戮兵器、どう使うの？」

テーブル型の椅子に載った段ボール箱を指さしての麗の質問に、向こうも向こうで、これだけは返事次第では命に関わる問答になると判断したのか、「麗さんならひょっとするとご存知かもしれませんが、僕には近々失明する予定の友人がおりましてね。彼女のために、音を使った愉快な遊び道具でも作れないかと思ったんですよ」と、札槻嘘はすんなりと答えた。

「なぜかほっとけない、とても見てられないようなクズって、あなたの周りにもいませんか？」

（遊終の美）

あとがき

これは個人的な意見、つまり私見ですが、小説にはよっつの目が必要なんじゃないかと思っています。ひとつめの目は言うまでもなく、主人公の視点。主人公と言うより、まんま、視点人物と言ってしまっても構わないかもしれません。主人公が複数いる群像劇ならば、更に視点が分割されることにはなるでしょうが、まあ概(おおむ)ね、おはなしの軸となるアイレベルだと思います。ふたつめの目は、そんな主人公の敵となる視点。敵というと言葉が強くて、それだけで対立的になってしまいますが、敵でなくてもぜんぜんよくて、でも、対立というのは実は実に的を射ていて、要するに、主人公と真逆の視点という意味です。主人公の視点と、互いに、互い違いに否定し合う視点。相手の言い分を聞けるかどうか、みたいな睨み合いでしょうか。みっつめ、第三の目は、そんな対立を横合いから見つめる、第三者の目。第三者視点と表現してもいいんですけれど、それよりももう一歩引いたところの、岡目八目みたいな視点。『なんてすごい戦いなんだ……』でもいいですし、『なんてどうでもいいことで争ってるんだ……』でもいいんですが、とにかく客観的な目。そして視界がとことんまで広がった果てからご覧になっているのが、よっつめの目、神の視点。神様不在の世界観においてさえ、主人公も好敵手も第三者も突き放した、淡々と事実だけを見る視点です。一応、いつつめの目として、作者の視点というのも考えられますけれど、それはあってもなくても……私見ですが。

実例として本書を取り上げると、ひとつめの目が瞳島眉美の目で、ふたつめの目が加賀屋綺羅輝の目だったりしたわけですが（みっつめの目とよっつめの目に関しては読んでいただくとして）、『敵の正しさ』みたいなものと向かい合うとき、自分はどこまで正義でいられるのかという問いに、瞳島さんはクズになることで対応しているような気もしますね。そんな感じで美少年シリーズ第九弾、『美少年M』でした。ショートショートで久し振りに麗さんが書けたのも楽しかったです。

今回キナコさんが表紙に描いてくださったのは潜入捜査中の姿の眉美さんです。巻末にはなんとアーチェリー女学院生徒会三人衆の姿も！　ありがとうございました。次巻、シリーズの節目となるであろう『美少年蜥蜴』も、よろしくお願いします。

西尾維新

本書は書き下ろしです。

〈著者紹介〉

西尾維新（にしお・いしん）

1981年生まれ。2002年に『クビキリサイクル』で第23回メフィスト賞を受賞し、デビュー。同作に始まる「戯言シリーズ」、初のアニメ化作品となった『化物語』に始まる〈物語〉シリーズ、『掟上今日子の備忘録』に始まる「忘却探偵シリーズ」など、著書多数。

美少年M

2018年10月22日　第1刷発行　　　定価はカバーに表示してあります

著者…………西尾維新

発行者…………渡瀬昌彦
発行所…………株式会社 講談社
〒112-8001 東京都文京区音羽2-12-21
編集03-5395-3506
販売03-5395-5817
業務03-5395-3615

本文データ制作…………講談社デジタル製作
印刷…………凸版印刷株式会社
製本…………株式会社国宝社
カバー印刷…………慶昌堂印刷株式会社
装丁フォーマット…………ムシカゴグラフィクス
本文フォーマット…………next door design

ISBN978-4-06-513306-4　N.D.C.913　198p　15cm

予告

美少年シリーズ、乞うご期待！

2019年刊行予定

予告

シリーズ第10作

美少年蜥蜴（とかげ）

いつまでも、一緒なんだと思ってた。

NISIOISIN
西尾維新

Illustration
キナコ

「美少年」シリーズ完全コミカライズ!!

探偵団事務所に

巨大な羽子板

出現——!!

誰かからの贈り物？

それとも挑戦状？

※画像はサイズ比較のためのイメージです

事件の鍵は、この美少年に有り――!?
やーい
ロリコン☆

西尾維新
NISIOISIN
Illustration /
VOFAN
講談社

新

維

人類存亡を託されたのは、
感情を持たない
十三歳の少年だった。
きみは呼ぶ。
この結末を「伝説」と。

伝説シリーズ
好評発売中

悲鳴伝
悲痛伝
悲惨伝
悲報伝
悲業伝
悲録伝
悲亡伝
悲衛伝
悲球伝
悲終伝

講談社ノベルス